徳 間 文 庫

警察庁ノマド調査官 朝倉真冬

城崎－嵐山連続殺人事件

鳴 神 響 一

徳 間 書 店

目次

プロローグ

「あなたがしてきたことを、もう一度振り返ってみなさい」

朝倉真冬《あさくらまふゆ》の声は署長室に朗々と響いた。

「わたしは但馬《たじま》署長の職務を忠実にこなしてきた。但馬の人々の安全安心のために日夜身を粉《こ》にして」

工藤《くどう》署長は固太りの身体《からだ》をそっくり返らせた。

「ずいぶんとたいそうなことを言うのですね。下平《しもだいら》係長の遺影に向かって同じ言葉を言えますか？」

真冬は工藤署長に向けて強い口調で難じた。

「下平には気の毒なことをした。まさか、あの男が犠牲になるとは。思いもよらぬことだった。職務への熱意にあふれていた」

眉根を寄せて、工藤署長は悲しみの表情を作った。

真冬はその白々しい芝居に吐き気を催《もよお》した。

「熱意にあふれていたから、下平さんは知らなくていいことを探り出してしまった。署長にとっては致命傷となることをね。あなたは長年にわたって収賄や犯人隠避《いんぴ》の罪を続けてきた。下平係長は唾棄《だき》すべきその事実を知った。しかも、直ちに訴えようとするのではなく、あなたを諫《いさ》めようとした。ところが、あなたは自分の罪を覆い隠すために下平係長が運転するクルマに細工をした。趣味の写真を撮るために天空の竹田《たけだ》城《じょう》跡の撮影ポイント立雲峡《りつうんきょう》に上る道で崖からクルマごと谷底へ落ちて帰らぬ人となった。あなたは自分の罪の重さを知るべきです」

容赦なく真冬は工藤署長に、悪事を突きつけた。

「ほう、あんたは推理小説の読み過ぎなのじゃないかね。最初はライターを騙《かた》っていたが、たしかに朝倉さんには作家になる能力があるらしい。警察庁に早く辞表を出して転職するといい。まずは江戸川乱歩賞でも目指してみるか」

工藤署長はからからと笑った。

だが、その笑いは必死で内心を覆い隠すための擬態としか聞こえなかった。

「これは小説でもドラマでもありません」

真冬は一枚のＳＤカードを宙に掲げて、静かに言葉を継いだ。

「ここに、あなたと青木《あおき》警務課長との密談……下平係長を秘《ひそ》かに葬ろうという、その会話を記録した映像があります。署長は逃げることはできないのですよ」

「ははははっ、朝倉さんとやら、そんなもんを持ち出してもなんにもならん。ＳＤなどはあるはずもない」

工藤署長は部屋に響き渡るような高笑いを発した。

「そう、署長が処分させましたからね。これは映像データのコピーです。あなたの知らないところに映像データは残っていました」

真冬は工藤署長を睨《にら》みつけながら決定的な事実を告《つ》げた。

「な、なんだと……」

一瞬にして工藤署長の顔は真っ青になった。

「そう、あなたの悪事の証拠は残っているのですよ。信じられませんか」

静かな声で真冬は言った。

「そんなはずはない……」

乾いた声で工藤署長は答えた。

「あなたは中田さんを殺したときにこのSDも奪ったはずです。自分の身は安泰《あんたい》と信じているようですが、あなたの悪事のすべてはあるクラウドに隠されていたのです」

真冬は静かな声のまま、決定的な事実を突きつけた。

「なにっ……」

工藤署長は目を剝《む》いた。

「そう、いまとなっては死者からのメッセージです。中田さんはあなたに自分が殺されると予想していた。だから、娘さんにクラウドにアクセスするためのパスワードを伝えて死んでいきました。わたしは娘さんの協力でその扉を開くことができたのです」

ゆっくりと真冬は工藤署長を追い詰めていった。

「そんな……」

工藤署長は言葉を失った。

「中田さんは八歳の娘さんに、マザーグースの有名な童謡の『ロンドン橋落ちた』の英語の歌詞を教えていたのです。彼は何度も何度も『お父さんは〝a man to watch〟

だよ』と繰り返し教えていた……」

工藤署長は目を見開いた。

真冬は静かに言葉を継いだ。

「この歌詞は『金と銀の橋を架《か》けたら盗まれるから寝ずの見張り番』を立てようという意味です。一般的な解釈では、この『見張り番』は架橋の際に犠牲になった人柱《ひとばしら》だとされています。そう、中田さんは自らを人柱にたとえたのです」

真冬は悲しみをこらえてさらに言葉を続けた。

「八歳の結衣《ゆい》ちゃんはパパから最後に教わった歌を覚えていた。わたしに教えてくれました。もうあなたに逃げる道はない。観念なさい。この動画を見せたら、青木警務課長がすべてを語りました。物証、人証とも確実にそろいました」

真冬の声は力強かった。

「青木が……」

工藤署長はぼう然とした顔で言った。

「そうです。あなたが自分の恥ずべき行為を隠蔽《いんぺい》するために下平係長を殺害し、その罪を中田巡査部長にかぶせようとして殺害したこと。あなたは自分の欲得のために本部の監察官まで抱き込んでいたのですね。すでにこの動画は兵庫県警の首席監察官に送付してあります。あなたが訴追されることは確実です。懲戒免職なんて甘いもんじゃない。あなたはこれからずっと刑務所の壁を見ながら暮らすことになるでしょう」

自分のこころのなかから湧《わ》き上がる怒りを押さえつけながら、真冬は静かに工藤署長を誹《そし》った。

「終わりだ。すべてが終わりだ」

工藤署長は机に突っ伏して頭を抱えた。

「これからあなたは自分の犯した罪の重さを悔い、下平さんと中田さんの菩提《ぼだい》を弔《とむら》う日々をすごさなくてはなりません。では、失礼します」

真冬は形だけの一礼をして署長室を出た。

——パパは正義の刑事だったんだよね？

真冬は残された中田巡査部長の八歳の娘、自分に父親のことを問う結衣の真剣な表情を思い出した。

「そう、あなたのパパは、立派な刑事だったのよ」

そう答えたときに、結衣の父の無実は証明されていなかった。

いま真冬は胸を張って言える。

あなたのパパは正義の人だった。

だが、パパは二度と帰っては来ない。

胸がつぶれる思いで、真冬はグレーの床の廊下をエレベーターの方向へと歩いていった。

「ざんざかざっとう、ざんざかざっとう」

掛け声とともにたくさんの太鼓の音が響いてくる。

稽古なのだろうか、どこからともなく聞こえてきたのは、夏祭りで披露される『ざんざか踊り』に違いない。

但馬地方だけに伝わる伝統芸能だという。

その単調で退屈でそれでいながらどこか神さびた節回しに、但馬で起きた悲しいできごとの数々が思い出された。

警察庁特別地方調査官の職務で臨む事件の終わりは、いつだって真冬のこころを重苦しくふさぐのだった。

第一章　城崎にて

1

山陰線の特急で城崎《きのさき》温泉駅に着いたときには、雲はすっかり消えて初夏の陽《ひ》ざしがさんさんと輝いていた。

「素敵！」

城崎温泉駅から数百メートルを歩くと、とつぜん温泉街が見渡せる地蔵湯橋《じぞうゆばし》に出た。

真冬は大谿川《おおたにがわ》に架かる橋の真ん中に立って、西側に並ぶ温泉街を眺めた。

よく知られている川沿いの柳並木を、午後の陽が照らしている。

そよぐ葉裏が、銀色にキラキラ光って真冬の目を射る。

清々《すがすが》しい川風が、真冬の頬《ほお》を撫《な》でていく。
真冬は不思議に胸が躍るのを感じていた。
なんだろう。このたおやかでゆったりとした風情は……。
すっかりこころが落ち着く風景だ。
風景を見まわしながら気づいた。
この温泉街には高い建物がないのだ。
各地の温泉地で見かけるような高層階の観光ホテルが見あたらない。
日本情緒あふれる街並みが残っている。
まわりは外国人観光客だらけだ。
この橋でも写真を撮りながらまわりの景色を楽しむカップルや家族連れが目立つ。
欧米からの旅行者が多いようだ。
京都からも近く、静かなたたずまいを持つ城崎温泉は外国人にも愛されているらしい。
考えてみれば、東京周辺にこのような温泉地は存在しない。
箱根も素晴らしいところだが、このような温泉街の雰囲気は持っていない。

自然に溶け込んだ高級旅館が箱根の魅力だろう。
これに対して城崎には温泉街らしい魅力があふれている。

――まち全体が一つの大きな宿

これは城崎温泉観光協会のキャッチフレーズだが、まさに言い得て妙だと思う。開湯から一三〇〇年の歴史を持つ城崎はやはり今出来《いまでき》の温泉地とはたたずまいが違う。

際立つ名所はないものの、このさやけき温泉街全体がこころ安らげる宿となっているのだ。

地蔵湯橋を渡るとたもとの東側には、共同浴場の地蔵湯の建物が見える。

城崎温泉では、旅館の中にある館内浴場を「内湯《うちゆ》」と呼び、街中《まちなか》の共同浴場を「外湯《そとゆ》」と呼んでいる。鴻《こう》の湯、まんだら湯、御所《ごしょ》の湯、一《いち》の湯、柳《やなぎ》湯、地蔵湯と、休業中のさとの湯のあわせて七軒の外湯が存在する。

泉質はすべて同じだが、趣向を凝らした建物はそれぞれの歴史があって、異なる魅力を持ち、この地で御利益と呼ばれる効能も異なるとされている。

ナトリウム・カルシウム塩化物泉で四二度の高温泉は万病に効くという。城崎温泉の宿泊客たちは、それぞれの宿で内湯を楽しむばかりではなく、思い思いの外湯を楽しむことができる。

それが城崎流なのだろう。

この温泉地は「小説の神様」と呼ばれた文豪志賀直哉《しがなおや》が静養して『城の崎にて』なる小説の舞台として選んだことでも知られている。志賀直哉は大正二年の夏に山手線電車にはねられて九死に一生を得る。退院後の療養のために、直哉は城崎温泉に逗《とう》留《りゅう》したのだ。

主人公の「自分」は城崎温泉で出会った蜂やネズミ、イモリなどの死を見て、生と死は両極にあらざるものと感じる。さらに生きている自分を見つめ直すというような話だった。

はるか昔、中学生の頃に読んで大きな感慨を受けなかった記憶があった。もしいま、城崎温泉で読み直せば、異なる感想も生まれるかもしれない。

この北柳通りにも外国人観光客の姿が多い。

彼らは和風の旅館や飲食店を背景にしきりと写真を撮って盛り上がっている。

大谿川にはきれいに護岸の石積みが為されて、何本もの古い石橋が架かっている。

大正一四年に起こった北但大震災によって城崎温泉は焼け野原となった。

当時の城崎町長の西村《にしむら》佐兵衛《さへえ》によって復興計画が立ちあげられ、昭和元年には現在に残る大谿川弓形橋群と石積みの護岸が整備された。

たびたび水害をもらしていた大谿川も護岸工事のおかげですっかり静かな川となった。

実は、城崎温泉は志賀直哉が静養したときの街並みとは変わっているのだ。

だが、昭和の初頭から一〇〇年近くを経た街並みは、あるていどその雰囲気を残している。

真冬は今夜と明日の夜の二泊を城崎温泉ですごしてから日曜日に東京に戻る予定だった。

国家公務員である真冬にとっては、土日は勤務から解放される日である。

事件解決後に思いついた。

今回の但馬の事件は、実に悲惨ではらわたが煮えくり返るものだった。

兵庫県警但馬警察署の工藤署長が、自分の収賄や犯人隠避《いんぴ》の罪を追及しようとした同署の下平知能犯係長を謀殺した。しかも、下平係長殺しの罪を暴こうとした強行犯係の中田巡査部長を、共犯だった青木警務課長を使って殺害させたという悪辣《あくらつ》なものだった。

悪事を記録した証拠のSDは工藤らによって奪われた。だが、工藤たちに消されることを予期していた中田は、同じ内容をクラウドに残し、閲覧用のパスワードをマザーグースの歌に隠して八歳の娘に託した。

事件は解決したものの、中田の残された娘の悲しみに向き合うことはあまりにつらかった。

真冬は暗たんたる思いで但馬の土地を後にした。

城崎温泉に来ることは、山陰線の和田山駅でふと思いついた。

但馬警察署のある和田山駅から城崎温泉駅まではわずかに五〇分の距離なのである。

今回の事件で心身に染みついた澱《おり》を、温泉のさやけき湯で洗い流したかったのだろう。

電話した三軒目の旅館でOKをもらえた。

最近は女性の一人客でも泊めてくれる旅館が圧倒的に増えた。

かつては日本旅館では困難な課題だったらしい。

ただし、部屋は六畳でバストイレなし、但馬牛中心の夕食になると言われた。

魚料理は仕入れが間に合わないらしい。

真冬としては大歓迎だった。

それに城崎の名物海鮮は間人《たいざ》ガニとノドグロ（赤ムツ）だ。

間人ガニは冬が旬だし、冬の丹後半島の事件でお世話になった伊根《いね》の寿司店でたらふくご馳走《ちそう》になった。

ノドグロは春と秋が旬の季節だ。

そんな今夜の宿は《花や旅館》という名だった。

ネットで見てみると、二階建ての古い建物のこぢんまりとした旅館だった。

地味だが、城崎らしい旅館で、気分が盛り上がってきた。

真冬は大谿川左岸の北柳通りを《花や旅館》に向けてゆっくりと歩いていった。

旅館、土産物屋、喫茶店、酒屋、和風バーなどが次々に現れる。

いずれも旅館街の景観にマッチしたシックな外観を保っている。

風に揺れる柳の木々を通して、対岸には旅館を中心とした家並みが続いているのが見える。

真冬は目的の《花や旅館》に到着した。

エントランスを入ると、ちいさいがこぎれいなロビーには香《こう》が焚《た》きしめられていた。

「ようおこし」

薄群《うすぐんじょう》青色に金糸銀糸で夏の花らしきものを描いた着物をまとった女性が出迎えてくれた。

七〇くらいの女性は、どうやらすく見積もってもこの宿の女将《おかみ》だろう。

隣にはネクタイを締めて紺色の法被《はっぴ》を着た番頭らしき男が立っていた。

「朝倉と申します。すみません。急に電話しちゃって」

真冬は肩をすぼめた。

「ご心配はいりませんよ。ゆっくりおすごしください」

女将はにこやかに微笑《ほほえ》んだ。

高校生くらいの白シャツを着た男性従業員が荷物を部屋まで運んでくれた。

六畳間の窓からは大谿川の柳と、対岸の宿が見えている。

後から女将がお茶を淹《い》れに来てくれて宿帳を記入した。

「明日もご滞在ですな。外湯めぐりなさって、ケーブルカーにもお乗りになったらええわ。城崎ケーブルは温泉街全体が見えるし、日本海もよう見えますで」

愛想のよい声で女将は言った。

「海が見えるんですか」

真冬は驚きの声を上げた。

「直線距離だと五キロくらいしかないんですわ」

「乗ってみたいです」

「はい、ぜひ。では、ごゆっくり」

女将は膝をついてていねいにお辞儀をすると、部屋を出ていった。

なにはともあれ、温泉だ。

浴衣に着替えると、真冬は風呂へと急いだ。

大浴場の女性用檜《ひのき》風呂は決して大きくはなく、六、七名でいっぱいになるくらいだった。

湯はやわらかく無色透明でほとんど無臭だが、これといった温泉らしい特徴を感じなかった。逆に言えば、入りやすい湯なのかもしれない。

疲れた身体には大変ありがたかった。

身体の隅々までよくあたたまるような気がした。

電車の中で調べたところ、外湯ではもっと上流にある御所の湯が、クラシックな外観も、大きな露天風呂も素敵な感じだったので、明日はぜひ訪ねてみたいと思った。

ゆかしい名前だが、『増鏡』に文永四年（一二六七）に後堀河《ごほりかわ》天皇の御姉安嘉門院《あんかもんいん》が入湯されたと記録が残っているので名づけられたそうである。

御利益は、火伏防災、良縁成就、美人の湯だそうだ。火伏と良縁はともあれ、三番目の効能には期待したいところだ。

湯から上がると、待望の但馬牛だ。

但馬牛は江戸時代から現代まで血統を守り続けている黒毛和牛で、松阪牛《まつさかうし》や近江牛《おうみぎゅう》の素牛《もとうし》となっている。素牛とは食肉用として肥育されるまでの子牛のことを指す。

また、前沢牛《まえさわ》、仙台牛《せんだい》、飛騨牛《ひだ》、佐賀牛《さが》などは但馬牛の血統を入れて品種改良を行っている。

先付けの後に出てきた甘エビとマグロなどのお造りも新鮮で美味《おい》しかった。

だが、但馬牛のステーキはやはり最高の味わいを持っていた。

脂の入り方がほどよく、まったりとしているのにしつこくない。

肉そのもののわずかな甘み酸味もバランスがよい。香りも上質な牛肉の魅力にあふれている。

夏場で牛肉と言えば、やはりビールが合う。

城崎温泉には、地元の温泉旅館《山本屋》が醸造しているクラフトビールが存在する。

真冬は四種類から《空のビール》というピルスナーを選んだ。

きりっとした苦みはステーキとよく似合った。

すき焼きは甘さの加減がちょうどよく、真冬は満足だった。

だが、《春雁荘》で雪子《ゆきこ》が出してくれた米沢牛料理のように個性的なものではなかった。

米沢城での事件でお世話になった雪子はどうしているだろう。忙しさにかまけてあれから連絡もとっていない。

幸せな毎日をすごしているだろうか。

今川《いまがわ》に食レポ報告をしようと思っているところで、スマホに着信があった。

予想もしない人物の名が液晶画面に現れている。

真冬はあわてて電話を取った。

2

「こんにちは。京都府警の湯本智花《ゆもとちか》です。ちょっとご無沙汰しております」

若々しくはつらつとした声が耳もとで響いた。

「智花さん、お久しぶりです」

親しみを込めた声で真冬は返事した。

智花は、真冬の後輩に当たるキャリア警視で、前回の丹後半島の事件で知り合った。

現在は京都府警本部刑事部捜査二課の課長補佐を務めている。

だが、智花がいったい何の用事だろう。

「朝倉さんは、いま豊岡《とよおか》市の城崎にいらっしゃいます……?」

智花は思いもしないことを訊《き》いてきた。

「はい、今晩から城崎温泉の宿にお世話になっていますが……湯本さんはどうしてそのことを？」

不思議に思って真冬は訊いた。

「警察庁の今川警部に電話したら、城崎にいるかもしれない、とおっしゃっていまして」

屈託のない調子で智花は答えた。

「但馬牛のステーキが食べたいって言ってませんでした？」

真冬は笑い混じりに尋ねた。

まさか、智花にまでそんなことは言わないだろうが。

「いえ……あの……朝倉さんが温泉でのんびりしているんじゃないかって……」

とまどいの声が返ってきた。

今川のことだ。「温泉でふやけてる」くらいのことは言いかねない。

「先週まで南但馬でちょっと仕事がありまして……もう解決したんですが」

真冬はかるく今回の事件に触れた。

「お疲れさまでした。実は、うちのほうで勾留中の矢野国雄《やのくにお》の取調べが進んでおりまして、前回の丹後《たんご》半島詐欺事件と指月伏見《しづきふしみ》城詐欺事件の黒幕が発覚したのです」

智花の声は力強かった。

「本当ですか！」

真冬の声は弾《はず》んだ。

「はい、ようやく指月伏見城詐欺事件の逮捕状が発付されることになりました」

張りのある声で智花は言った。

「よかったです……いったい何者なんですか」

真冬は身を乗り出すようにして訊いた。

「横地吉也《よこちよしや》という四九歳の経営コンサルタントです。この男が一連の投資詐欺事件の元締めと矢野は自供していたのですが、ようやくしっかりとした裏づけが取れました」

智花の言葉の端々に喜びがあふれていた。

「それはそれは……ご苦労が多かったでしょう」

詐欺事件の捜査は証拠の収集に時間が掛かる。

横地が元締めだとしても立件するまでの道のりは遠かったはずだ。

「経営コンサルタントを名乗ってはいますが、実際になにをして生計を立てているのかははっきりしない男です」

「で、その横地がふたつの事件の……」

「はい、矢野が資金の流れを自白しました。横地が経営する会社の第二口座に指月伏見城詐欺事件で騙取《へんしゅ》した大金が振り込まれていることを確認できたんです。念を入れて疎明《そめい》資料を作成したので、無事に逮捕状が下りました」

晴れ晴れしい声で智花は言った。

「お疲れさまです。湯本さんたちの努力のたまものですね」

釣られて真冬の声も明るくなった。

地道な捜査を続けてきたことは間違いあるまい。

「ありがとうございます。明朝、逮捕状を執行して通常逮捕する予定です。ところが……」

智花は言葉を切った。

「なにか問題があるのですか」

真冬の声は陰《かげ》った。

「現在、横地は城崎温泉に逗留中なんですよ。大谿川沿いの《翠渓閣《すいけいかく》》という日本旅館です。定宿《じょうやど》で時おり十日ほど滞在するようです。今回は三日前からの宿泊です」

さらりとした智花の口調だったが、横地が城崎にいるとはなんという偶然だ。

もっとも京都と城崎は特急《きのさき》一本で結ばれているなど、交通の便はよい。

京都からの宿泊客は決して少なくはない。

真冬はあわててタブレットでマップを表示した。

自分がいる《花や旅館》から大谿川沿いに県道九号線を一キロ強遡《さかのぼ》ったところにある旅館だった。大谿川沿いの温泉宿として《翠渓閣》はおそらくいちばん奥まったところにある。

「とりあえずのお尋ねなんですが、わたしも立ち合わせてもらえないでしょうか」

無理を承知で真冬は頼んでみた。

京都府警の人間でないばかりか。自分は捜査員でさえない。

警察庁長官官房の職員である真冬には捜査権はない。

「明朝の逮捕に立ち合うことですよね」

いくらかとまどったような声で智花は訊いた。

「ええ、丹後半島詐欺事件の元締めの逮捕ですから、顔くらいは見たいと思いました……」

野次馬的な感覚に聞こえるかもしれないが、真冬としては大まじめだった。

二五年前に父を殺した一味という可能性もあるのだ。

これからの捜査で明らかになるかもしれない。

ほんのわずかの間、沈黙があった。

「わかりました。けっこうですよ」

やわらかい声で智花はＯＫしてくれた。

「ありがとうございます」

こころのなかで真冬は両手を合わせた。

「朝倉さんが解明した伊根の事件の黒幕ですから。また、指月伏見城詐欺事件で最終的な金員の流れを把握できましたのも、朝倉さんが摑《つか》んでくださった《日本ライジングプランニング》を捜査していった結果です。じゅうぶんに立ち合う資格はあると思います」

力強く智花は言ってくれた。

「いちばん後ろでちいさくなっています」

冗談ではなく本気だった。

「そんなに遠慮なさらなくとも……わたしたちは被疑者に自己紹介しませんから」

智花は笑いながら答えた。

逮捕前で、智花も気分が昂揚《こうよう》しているのだろう。

「逮捕となると、夜明けと同時に踏み込むようでしょうか」

通常の逮捕は夜明けとともに執行する。

「はい、四時五〇分の執行を予定しています」

きっぱりと智花は言った。

「了解しました。早い時間から動けるようにします」

真冬は三時前には起きているつもりだった。

もっとも今夜はまともに寝ることはできないだろう。

「いま、お泊まりになっているのはどちらですか？」

「大谿川沿いの北柳通りに建っている《花や旅館》というお宿です。《翠渓閣》までは一キロ以上あります」

「場所は確認いたしました。四時半ちょうどにクルマをまわしますので、ご準備をお願いします。宿のほうには、朝倉さんが四時半頃にいったん外出なさる旨をうちのほうから連絡しておきます」

「なにからなにまですみません」

スマホを持ったまま、真冬は頭を下げていた。

「いえ、朝倉さんと一緒に逮捕に向かえるのは嬉しいです」

智花は如才ない声を出した。

「では、四時半にお待ちしております」

真冬は電話を切った。

勝手に逮捕への立ち合いを決めてしまったが、まずは審議官に許可を求めるべきだった。

いくら明日から休暇だと言っても、公務で城崎に来ているのだ。

真冬は反省しつつ、こわごわ明智《あけち》審議官に電話を入れた。

重要な連絡は曜日も時刻も関係なく入れるようにと命ぜられている。

「遅い時間にすみません」

「なにか起きたのか」

相変わらず感情の少しも見えない明智審議官の声だった。

「先ほど京都府警の湯本智花警視から連絡がありまして……」

真冬は言い淀《よど》みつつ言葉を継いだ。

「京都府警に勾留されている矢野国雄の取調べが進み、丹後半島詐欺事件と指月伏見城詐欺事件の元締めの名が浮かび上がりました」

「そうか……矢野が元締めの名を歌ったか」

この場合の歌うとは刑事の隠語で「自供する」という意味だ。

明智審議官にしては珍しく俗語を使ったが、矢野の話だけにかつての石川県警捜査二課時代の感覚が戻っているのかもしれない。

「はい、横地吉也という四九歳の経営コンサルタントを称している男です。株式会社ヨコチ・プランニング代表取締役社長。住居は市内下京区朱雀《すじゃく》堂《どう》ノ《の》口町《くちちょう》。実際にはなにをして生計を立てているのかははっきりしないそうです」

「まぁ、詐欺師だからな」

明智審議官はのどの奥で笑った。

真冬は耳を疑った。よほど機嫌がよいとしか思えない。

「たしかに……」

「大型の詐欺事件には必ず元締めがいるわけだが、資金の流れでも横地に辿《たど》り着けたか」

いくらか厳しい声で明智審議官は念を押した。

「はい、湯本さんたちはしっかりと証拠集めをして、逮捕状を得たそうです」

「すると……明朝の逮捕か」

「はい、夜明けとともに逮捕に向かうそうですが……」

「どうかしたのか」

「横地は城崎温泉に逗留していて、捜査二課は滞在先の旅館に出向いて逮捕状を執行するそうです。実はわたしも城崎におります」

「ほう、それは偶然だな」

平らかに明智審議官は言った。

「それで……あの……」

口に出しにくい話になった。

「湯本くんに同行したいというのだろう？」

明智審議官の声のトーンは変わらなかった。

「はい。横地という男の顔を見てみたいと思いまして」

声がうわずりそうになるのを、真冬は懸命に抑えた。

「行ってこい。ただし、京都府警が許したらな」

「ありがとうございます。では、京都府警に同行します」

ほっとして真冬の声はゆらいだ。

「逮捕手続きが終わったら、電話をくれ。何時でもかまわない」

「了解いたしました」

返事はなく、それきり電話は切れた。

「さぁ、もう一回お風呂に入ってこよう」

真冬はハンガーに干してあったタオルを手に立ち上がった。

残念ながら、外湯めぐりも城崎ロープウェイもあきらめるほかなさそうだった。

3

宿には念を入れて自分からも出発の時間を伝えておいた。

また、一泊目の宿泊料金を支払い、明日の分のキャンセルを頼んだ。

これからの捜査の推移によるが、明日の夜はゆっくり温泉に入るというわけにはいかないだろう。

女将はキャンセル料を取らなかった。

四時少し前に玄関に下りてゆくと、驚いたことに番頭ばかりか女将まで見送りに出ていた。

「こんなにかわいらしいお方が、まさか警察の方とは思いもしまへんでしたわ」

女将はにこやかに微笑んだ。

「すみません、こんな時間に……ご迷惑をおかけします」

真冬は頭を下げた。

「いえ、いつも起きている時間ですさかいに」

笑みを浮かべて女将は顔の前で手を振った。

「もう一泊したかったのですが、今日の予定がわかりませんので、申し訳ないです」

肩をすぼめて真冬は詫びた。

「あのな、もしうちに帰って来られそうやったらお電話くださいませ。空けられるようならお部屋空けますわ」

にこやかに女将は言った。

「それじゃご迷惑お掛けしちゃいますから」

「空いてた時だけやから気にせんといて……お仕事ご苦労さまです。いってらっしゃいませ」

女将はていねいにお辞儀をして真冬を送り出した。

真冬は身の縮むような思いだった。

一方で、城崎温泉のやさしさに触れて嬉しくなった。

これからつらい現場に臨場しなくてはならない。

ひとときの安らぎでもあった。

玄関の隅に立っていた黒いサマースーツの男が近づいてきた。

「おはようございます。京都府警の秋月文也《あきづきふみや》と申します」

三〇代後半くらいだろうか。長身で引き締まった身体付きをしている。

笑みを浮かべる顔は、鼻筋が通って知的な印象を与える。

あまり刑事らしくなく、どちらかというと霞が関で働いている若手官僚のような雰囲気だった。

ただ、両目の瞳に宿る力強さが尋常でないと感じた。

「お迎えに来て頂き恐縮です」

真冬は頭を下げて礼を言った。

「ささ、おクルマにどうぞ」

秋月は愛想よく答えた。

真冬を乗せたセダン型の黒い警察車両は、まだ明けぬ温泉街の目抜き通りを西へと進む。

運転しているのは二〇代なかばくらいの若い私服警官だった。

真冬と秋月は後部座席に座っていた。

「ちょうどよい気候ですね」

秋月は明るく声を掛けてきた。

「ええ、梅雨入り前のこの時季は山も森も輝いていますね」

機嫌よく真冬は答えた。

「僕も好きな季節なんです……朝倉警視は、湯本課長補佐の先輩でいらっしゃると伺《うかが》いました」

秋月がにこやかに訊いた。

「そうなんです。湯本さんは二期下です。秋月さんも捜査二課ですよね」

「はい、湯本課長補佐の部下で知能犯第二係長を務めています」

ちょっと背筋を伸ばして、秋月は答えた。

となると、階級は警部補となる。この若さで警部補は京都府警にも何人もいないだろう。

「優秀なんですね」

お世辞ではなく真冬は言った。

「いや、それほどのことはありません」

照れたような声で秋月は答えた。

真冬は車窓に流れる明けゆく城崎温泉を目で追っていた。

居並ぶ宿はエントランスや外構の灯《あか》りが点《とも》っているが、客室は暗く沈んでいる。

柳の木の向こう側に建ち並ぶ宿も客室の照明は落ちている。

北柳通りは温泉街のまん中の王橋《おうはし》のところで橋を渡ってくる県道九号と合流する。

このあたりは城崎温泉の中心ともいうべき場所だ。

合流地点に建つ、立派な瓦屋根を持つ外湯の一の湯を境に湯の里通りと名前を変える。

湯の里通りを進むと月見橋《つきみばし》のところから、大谿川と県道九号は直角に曲がって北へと進む。

温泉寺《おんせんじ》や城崎ロープウェイなどを左に見てしばらくすると、続いていた温泉街の雰囲気は薄くなってあたりはぐっと静かな雰囲気となった。

徐々にあたりは薄青の帳《とばり》に包まれ始めた。

日の出は間近だ。

左右に大型旅館と中学校や公共施設が点在する県道は左に分かれて、センターラインのある広い道路となっている。

警察車両は県道を外れて、細い直進路へと入っていった。

あたりは雑木林の緑に囲まれていて、右手の高いところには山陰本線が通っていた。木々の間から建物の灯りが漏れていて、森のなかには数軒の旅館があるように思える。

すぐにクルマは砂利敷きの駐車場に入っていった。

右手の山陰本線の線路に近いあたりだった。

いよいよ夜は明けて、あたりの景色もはっきり見える。

空には雲がほとんどない。吹く風は湿度が低くさわやかだ。

正面には三階建ての温泉旅館が建っている。

灰色の瓦を載せて壁面も鶯《うぐいす》色の和風の建物だが、RC構造の近代的な旅館だ。

格子の入った広いドアを持つ玄関の上には、《翠渓閣》と緑青《ろくしょう》色の文字が刻まれた風雅な看板が掲げられている。

駐車場の隅の立木の蔭《かげ》には、すでに二台の警察車両がエンジンを止めて駐車していた。

クルマのかたわらには八人の男女が立っていた。

こちらを向いている客室の窓から死角になる場所をうまく選んでいる。

真冬を乗せたクルマは、居並ぶ捜査員の横に滑り込むように止まった。

「おはようございます」

クルマを下りた真冬に、若い女性が静かに声を掛けてきた。

数ヶ月ぶりの再会だが、智花の清楚で理知的な印象は変わらなかった。

淡いグレーのパンツスーツという地味な恰好《かっこう》だった。

今朝はいくらか涼しいくらいなので、上着を身につけてちょうどよい。

かわいらしい小顔に黒い髪をひっつめていた。

「お疲れさまです。いよいよですね」

やわらかい声で真冬はねぎらった。

「はい、あとわずかで執行です」

智花の声はいくらかこわばっている。

逮捕状の執行だ。責任者である彼女が緊張しているのは当然のことだ。

夜明けの五分前になって、真冬たちは宿に足を踏み入れた。

スーツ姿のほかの男たちがいっせいに頭を下げた。

前回会ったときに顔を覚えた刑事がほとんどだった。

この旅館では、客室で靴を脱ぐようになっているようだ。日本旅館でも珍しくはなくなってきている。

智花が先頭になって室内に入ると、灰色のレザーソファが設《しつら》えられた広々とした玄関ロビーだった。

複雑な柄の模様が入った布地の壁には、山水を描いた日本画らしき大型絵画が飾られていた。

乳白色アクリルの箱を四つ並べ、焦げ茶色の木枠を持つ照明は一部だけが点灯されている。

ひとつひとつ調度類を確かめるまでもなく、高級旅館の雰囲気が漂っている。

濃紅色のカーペットの隅に立っていた半天姿の番頭らしき五〇年輩の男が近づいてきた。

「おはようございます。京都府警の者です」

かるく頭を下げて智花は低い声であいさつした。

「ご苦労さまです。番頭です。ご案内いたします」

ささやき声で番頭は答えた。

番頭が先に立ち、真冬たちはロビー奥の階段を上がっていった。

じゅうたんが敷き詰められた廊下はしんと静まりかえっていた。

部屋は中廊下式で左右にずらりと並んでいる。

奥の右手の部屋の前に、白シャツ姿の刑事らしき男が二人立っており、客の姿は見えなかった。

番頭は黙って一礼すると、階段へと去った。

一行は足を忍ばせるようにして、廊下の奥へと進んだ。

見張りについていた刑事たちは、それぞれ黙って一礼した。

刑事たちの一人は四〇代後半のスポーツ刈りの男で、もう一人は三〇歳くらいでツーブロックベリーショートの髪型の男だった。

二人とも真冬には見覚えがあった。

年かさの刑事は稗貫《ひえぬき》、若いほうは高原《たかはら》という名前だった。

目の前には濃紺色に塗装された金属製の扉が見える。

和風旅館というよりはホテルでよく見かける扉だ。

部屋には《清流庵》という墨書の室名札が掲げられていた。
智花は男たちにかるくうなずいて見せた後に、低い声で指示を出した。
「秋月と稗貫が先に部屋に入って」
二人は黙ったまま、そろってうなずいた。
秋月は黙ってカードキーをドアのキーボックスにゆっくりと差し込んだ。
稗貫は静かにドアを開けた。
二人が部屋に足を踏み入れた。
靴を脱いだ智花が目顔で後についてこいと伝えてきた。
真冬も靴を脱いでゆっくりと部屋に入った。
まず目に入ったのは四畳半の次の間だった。
寝室との間には木版《もくはん》雲母《きら》刷りで波を描いた豪奢《ごうしゃ》な唐紙が立てられている。
直ちに内部は見えない。
次の間に入った瞬間、秋月と稗貫は顔を見合わせた。
彼らの奇妙な行動の意味が真冬にもわかった。
異臭が室内から漏れてくる。

「これは……」

秋月はかすれた声を出した。

「まずいぞっ」

稗貫は叫び声とともに唐紙を音を立てて開けた。

次の間に入った途端、血の臭いが真冬に襲いかかった。

思わず真冬はハンカチで口を押さえた。

室内からはなんの物音も聞こえてこない。

「なにが起きたの」

智花はあわてて声を出した。

高原が室内の照明を点《つ》けた。

一〇畳の和室の窓側に敷かれた布団は盛り上がって人が寝ているように見える。

秋月と稗貫はすばやく布団のかたわらに歩み寄った。

恐る恐る真冬はハンカチを口に当てたまま、布団に近づいた。

人が寝ている。

いや……すっかり血の気のない無表情な顔はどう見ても生きているようには見えな

い。
五〇代くらいと思われる男性だ。
逮捕予定だった横地吉也に違いない。
真冬は頭の血が足もとまで下がってゆくような錯覚を感じた。
心臓がこれ以上ないくらいの激しさで収縮している。
深呼吸しようにも、ひどい臭気のためにとても無理だ。
つばを飲み込んで、目をつむってこころを落ち着かせようと試みる。
カクカクと震える膝小僧を必死で押さえつけた。
「先を越された。殺《や》られましたね……」
稗貫は乾いた声を出した。
「どうして……誰に……」
声にならないような震え声で智花は言った。
布団の胸のあたりに血のシミが大きくひろがっている。
血は布団にまであふれていた。
凶器は見あたらないが、胸を刺されたのだろうか。

殺人が絡む事件を何回も調査してきたが、実際の遺体を見るのは初めてのことだ。

「横地に生きていられると困る者の仕業《しわざ》ですね」

遺体を見つめたまま、稗貫は落ち着いた声を出した。

さすがにベテランの刑事だけあって、それほどの動揺を見せてはいない。

次の瞬間、智花の身体がふらふらっと揺れた。

「湯本さん、危ない」

真冬は智花の身体を両の手で包み込むように支えた。

なんとか智花は倒れずに、真冬に抱きとめられた。

智花の両の瞳は閉じられている。気を失っているのだろう。

「課長補佐っ」

「湯本警視っ」

捜査員の叫び声が次々に響いた。

すぐに智花の目が開かれた。

「ごめんなさい、ちょっと立ちくらみがして……朝倉さん、ありがとう」

智花は必死で立ち上がった。

「大丈夫ですか」

「どこか打ちませんでしたか」

捜査員たちは気遣わしげに声を掛けた。

だが、秋月と稗貫は冷静な表情を崩さなかった。

智花が倒れた原因が、精神的な衝撃からくる貧血と見切っているのだろう。

身体をまっすぐに保つ智花は、顔色をなくしてつらそうに見えた。

無理もない。彼女はキャリアだ。警察庁にいたときはデスクワーク・オンリーだったはずだ。

現在も殺人事件などに直接関わらない捜査二課の課長補佐だ。

いままでこんな凄惨《せいさん》な現場などに立ち合う機会はなかったに違いない。

「みんな……ご遺体には触らないで」

真っ青な顔のまま、かすれた声で智花は指示した。

ダメージを受けても気丈に指示を出そうとする智花が、気の毒でもあり、頼もしくもあった。

智花はすぐれた警察官に成長するはずだ。

「大丈夫ですよ、課長補佐。みんな刑事です。鑑識作業の前には触るなということは全員が心得ています」

捜査員を代表するように、おだやかな声で秋月が言った。

「とにかく……対処しないと。所轄署に電話します」

スマホを取り出そうとする智花を、秋月がやわらかく手を振って押しとどめた。

「いや、警視が直接なさることはありません。自分が連絡します」

「お願いします」

力なく智花は頭を下げた。

「かしこまりました。それからこの部屋には誰も近づけないようにしないとな。おい、三人ばかり廊下に立って、宿泊客を遠ざけろ。それから、誰かフロントに行ってこのことを連絡してこい」

声を張り上げて秋月は指示した。

「了解です」

何人かの捜査員が、部屋を飛び出していった。

秋月は次の間に戻ってスマホを手にした。

「……事件です。京都府警本部刑事部の秋月文也と言います。男が不審死を遂げていました……わたしの見るところ事件の可能性があります。すぐに現場を保存する必要があります……現場は城崎温泉の温泉旅館《翠渓閣》二階の客室《清流庵》です。では、手配をよろしくお願いします」

秋月は電話を切って、智花と真冬のほうに向き直った。

「一一〇番に通報しました。数分で兵庫県警が来るでしょう。課長補佐と朝倉警視はロビーでお休みください」

やわらかい声で秋月は言った。

こうした場合、たとえば捜査一課や所轄の刑事課に掛けるより一一〇番通報すべきなのだ。

緊急事態の発生に対して、通信指令センターは体制が整っている。

緊急配備の判断も、センター所長補佐などが判断して通信指令センターが行う。

今回も緊急配備態勢が敷かれるはずだ。

この近くの道路では通行車両の検問が始まることになる。

「でも……」

智花は眉根を寄せた。

「殺人については、我々は手を出せません。捜査の状況は兵庫県警の刑事部から連絡を受けますから、課長補佐はゆっくりお休みになっていてください」

なだめるように、秋月は智花に向かって微笑んだ。

秋月のその姿勢に真冬は感心した。

こんなやさしい気遣いのできる刑事は珍しい。

「湯本さん、わたしと一緒にロビーに下りましょう」

秋月に呼応するように真冬は誘った。

「わかりました」

智花は素直にうなずいた。

まだ足もとがおぼつかない智花を支えるようにして、真冬は階段を下りた。

4

真冬と智花はロビーのソファに隣り合って沈み込むように座った。

隅に立っていた番頭が近づいてきた。

智花はしゃっきりと身体を立て直した。

「あの……。《清流庵》にお泊まりのお客さまですよね。例の……」

冴《さ》えない顔で番頭は言った。

「ええ、逮捕予定だった横地という男性です」

智花ははっきりした声で答えた。

「殺されたのですか？」

番頭は眉間に深いしわを刻んだ。

「その可能性が高いと考えております」

冷静な顔つきで智花は答えた。

「その……うちのほうでは、事件が起きたことを知られたくはないんですが……」

はっきりと困惑顔で番頭は訴えた。

「兵庫県警への連絡は済ませましたので、まもなく地元の警察が到着します」

静かに智花は首を横に振った。

「そうですよね」

番頭は肩をすぼめた。

玄関から青い鑑識活動服を着てショルダーバッグやカメラなどを携《たずさ》えた一団と、スーツ姿の男たちが数名、いっせいに入ってきた。

真冬は瞬間的に身をすくめた。

同じ兵庫県警と言っても、豊岡署員たちだ。

さらにやって来たのは幹部ではなく、一般捜査員なのだ。

隣の但馬署での真冬の活動を知っているはずもない。

そもそも表に出ないように行動するのが基本だ。

今回だっていつものように旅行誌ライターを名乗っていた。

それでも万が一、自分の顔を知っている者がいるのではないかと真冬はそっとうつむいた。

「兵庫県警ですが……通報した方は？」

先頭に立っている五〇年輩の色黒のガッチリした男が訊いてきた。

刑事らしく目つきが悪い。

智花が立ち上がろうと腰を浮かした。

「おはようございます」

明るい声が響いた。

振り向くと、いつの間にかに秋月が立っていた。

「お電話した京都府警刑事部捜査二課の秋月です」

はっきりした発声で秋月は名乗った。

「ああ、あんたが京都府警の……不審死ということですが」

愛想のない声で男は念を押した。

「そう思われますね……胸を刺されてますから」

秋月はさらりと答えた。

「ふむ……」

気難しげに男はうなずいた。

「当館の番頭でございます。ご苦労さまでございます」

番頭がペコペコとお辞儀をした。

「現場は二階ですな」

かるくあごを引くと、男は誰にともなく訊いた。

「ええ、こちらですよ」

秋月は先に立って階段へと歩き始めた。

「失礼します」

「おはようございます」

活動服や私服の警官たちが次々にロビーに入ってきて階段へと去っていった。

「ここからは兵庫県警の仕事になりますね」

彼らの後ろ姿を眺めながら、真冬はつぶやいた。

「はい、でも犯人についてはわたしたちも追いかけていかなければなりません。詐欺事件につながる可能性がありますから。さっき、稗貫が言っていたように『横地に生きていられると困る者の仕業』でしょうが、実行犯とは別に指示した者がいると思います」

智花はきっぱりと言い切った。

「二件の詐欺事件には黒幕がいると考えられますね」

真冬もまったく同じ考えだった。

横地を殺した犯人は、単に殺しを請け負っていただけかもしれない。

「はい、その可能性は高いと思います」

智花は険しい顔つきであごを引いた。

「兵庫県警とは捜査協力が必要ですね」

やわらかい声で真冬は言った。

「合同捜査本部を立てるというわけにはいかないでしょうが、こちらの豊岡署に設置される捜査本部には、うちの二課の信頼できる捜査員を何名か参加させてもらうつもりです」

力強く智花は言った。

「それは絶対に必要なことですね……あの……今朝、殺されていたということには大きな意味がありますよね」

遠慮しつつも、真冬は気がかりなことを口にせざるを得なかった。

このタイミングでの事件発生には大きな意味がある。

「はい、逮捕の直前に殺されるということは、二重の意味でショックでした」

苦しげに智花は答えた。

「ふたつの詐欺事件をつなげていた糸が断たれたわけですからね」

「仰せの通りです。でも、それ以上に問題なのは、横地が殺されたタイミングです」

智花は目を光らせた。

「そうですね、犯人もしくは犯人一味は、今朝の夜明けとともに横地が逮捕されることを知って、凶行に及んだ可能性が高いですね」

真冬の言葉に、智花は眉間にしわを刻んだ。

「残念ながら、わたしたちの捜査情報が漏出していたとしか考えられません」

智花は暗い声で言った。

「今朝の逮捕情報を知っていたのは誰ですか」

智花の顔を見つめながら真冬は訊いた。

「捜査二課の全員はもちろん知っています。二係が総出ですから、刑事部はもちろん、ほかの部でも知っている者は少なくないはずです。警察内に犯人のスパイがいるなどということは考えたくありませんが……」

冴えない顔で智花は言葉を切った。

「京都府警以外で、この情報は誰か知っていますか」

念のために真冬は訊いた。

「あとは逮捕状を発付した裁判官と書記官、事務官くらいです」

智花は暗い顔で答えた。

裁判所は直前まで逮捕予定を知らなかったわけだし、ふつうに考えて裁判官周辺から漏出したとは考えにくい。

しばし沈黙が漂った。

静かな足音で、秋月を先頭に京都府警の捜査員たちが階段を下りてきた。

「豊岡署の鑑識係員が現場保存作業に入りましたので、我々は引き上げました。さっきの刑事、所轄の強行犯係長によると、捜査一課と検視官があと一時間ほどで到着するようです」

秋月が進み出て歯切れのよい口調で言った。

「そう。やはり他殺で間違いないのね」

厳しい顔つきで、智花は訊いた。

「ええ、心臓を一突きです。ためらい傷もない上に、二回刺しています。犯人は二階の窓から侵入して逃走したようです。窓の鍵は施錠していなかったとのことです。わたしの想像では横地は酒を飲んで泥酔していたんじゃないでしょうか。犯行時刻ははっきりしませんが、死後数時間は経過していると思われます。いずれにしてもプロの仕業かもしれませんね」

冷静な口調で秋月は言った。

思い返してみると、あの部屋の隅に寄せられていた座卓の上には日本酒の四合瓶やコップが置いてあった。

「となると、横地はまったく警戒していなかったってことね」

智花は考え深げに言った。

「そう考えられます。玄関付近や横地のクルマにも監視をつけていたのですが、玄関や駐車場に怪しい人物は現れなかったようです。なにしろ横地が出かけるのを見張る態勢だったので、侵入する者を見落としてしまいました。あるいは犯人は山陰線方向から現場に近づいたのかも知れません。事件を防げなかった悔いが残ります」

秋月は悔しげに唇をならした。

「横地が死んだのは、監視態勢を指示したわたしの責任です。秋月が責任を感じる必要はないでしょ」

諭《さと》すような口調で智花は言った。

「そう言って頂ければ、救われます」

秋月は神妙な面持ちで言った。

智花は鷹揚な感じでうなずいた。

「今後の動きについて、捜二課長に電話を入れます」

スマホを取り出しながら、智花は言った。

邪魔になってはいけない。捜査二課内の連絡を警察庁職員である自分が聞くわけにはいかない。

「わたしも現状を上司に報告します」

真冬は玄関へと向かった。

まだ、六時前だが、明智審議官は何時でもいいから電話しろと言っていた。

横地の殺害は、いち早く伝えるべき内容だと思った。

さらに今後の自分の行動に関する指示を仰がなければならない。

スマホを取り出した真冬は、迷いなく明智審議官の番号をタップした。

三回の着信音で、電話はつながった。

「明智だ……なにかあったのか」

明智審議官の声はいつもとまったく変わらなかった。

つまり感情の抑揚を感じないということだ。

「おはようございます。早朝より申し訳ありません」

「横地は逮捕されたんだな」

「予想外の事態が起きました。逮捕のために捜査二課とともに横地の宿泊している客室に入ったところ、殺害されていました」

「なんだと！」

さすがに明智審議官も驚きの声を上げた。

「豊岡署が捜査に入っていますが、捜査一課と検視官も臨場する予定だそうです。犯人は部屋の窓から侵入・逃走したようで、死後数時間は経過していると見込まれます。京都府警の捜査員はプロの仕業ではないかと言っています」

「そんなことより、逮捕に向かう予定が漏れたのは、府警内部に情報を漏洩《ろうえい》した者が存在する可能性がきわめて高いということだ」

「その通りです。府警内部と裁判所以外には逮捕予定を知っている者はいないはずです」

「もっと問題なのは、一連の事件は横地がすべてを計画したのではないと思われることだ」

「はい。京都府警の捜査員は『横地に生きていられると困る者の仕業』と言っていました」

「おそらくは上の立場の者だ。つまり、横地という男も下っ端だということだ。二件の詐欺事件の青写真を描いたのは横地かもしれんが、誰かに命じられてやったことに違いない」

「つまり黒幕がいるわけですよね。湯本警視もそう言っていました」

「京都府警捜査二課は、横地殺害事件を追うことになるな」

「はい、そうなると思います」

「朝倉。捜査二課の連中について京都へ行け。京都府警本部は上京区の京都御苑蛤《はまぐり》御門《ごもん》の近くだ。そのあたりに宿を取って湯本警視に協力しろ。キャッチした情報は随時わたしに連絡してほしい。京都府警の刑事部長と捜査二課長にはわたしから連絡しておく」

「わかりました」

「君たちの力で黒幕を必ず明らかにするんだ」

「了解しました」

「ちょっと湯本警視に代わってもらえないか」

「いま捜査二課長に電話しています」

そう答えたところで、戸口に智花が姿を現した。

真冬のようすが気になって見に来たに違いない。

智花を手招きした。

「あ、はい」

小走りで智花は近づいてきた。

スマホを差し出すと、智花は真冬の目を見て訊いた。

「どなたですか？」

「明智審議官です。湯本さんとお話ししたいそうです」

真冬の言葉にあわててうなずくと、智花は身をすくめてスマホを受けとった。

「お待たせしました。京都府警捜査二課の湯本智花です……」

こわばった声で智花は電話に出た。

しばらく明智審議官が一方的に喋っていた。

「はい、承知致しました。京都府警におまかせ頂いてけっこうです」

智花はスマホを持ったままおじぎをして電話を切った。

「明智審議官から、朝倉さんの京都滞在のお手配をするようにとご下命を受けました。うちの刑事部長の森寺貞夫《もりでらさだお》警視正はもとの部下でいらっしゃるそうで、連絡してくださるとおっしゃっていました」

スマホを返しながら、智花はゆったりと微笑んだ。

「後輩なんですか……ありがとうございます」

明智審議官の命により、真冬は京都府警とともに横地殺しを実行した一味を解明することになったわけだ。

考え直してみれば、明智審議官は黒幕の正体追及にそれだけの大きな意義を見いだしているということだ。

真冬は気が引き締まる思いを感じた。

「ですので、捜査二課も気兼ねなく動けます。朝倉さんのお宿も移動手段もおまかせ下さい」

智花は頼もしい声で言った。

「よろしくお願いします」

申し訳ない気持ちで真冬は肩をすぼめた。

「お気遣いなく。とりあえず地元の豊岡署に連絡役として二名ほどを残します。わたしや秋月は京都に戻りますので、ご一緒にどうぞ」

智花はにこやかに言った。

5

真冬は智花たちと一緒に京都に移った。

本当に久しぶりに京都の町に入った。

大学は京都御苑の東側だったし、真冬は一乗寺《いちじょうじ》に住んでいた。

学生時代は勉強とアルバイトに勤しみ長期休みは北海道に行っていた。

四年間をすごしたのにも拘《かか》わらず、真冬はあまり京都の街を知らない。

真新しい本部庁舎に真冬は初めて入った。

旧庁舎はここから二〇〇メートルほど南に位置する歴史的建造物だ。

現在は改築して東京から移転した文化庁が庁舎の一部として使っている。

京都大学の学生時代、近くの猪熊《いのくま》通に住んでいたゼミ仲間と一緒にハンバーガーショップに行くときなどに、通りかかった。

優美なたたずまいに見惚《みと》れたものだった。

その頃は、まさか自分が警察官として京都府警本部に来ることになろうとは思ってもいなかった。

府警に着いてしばらくして、真冬は森寺刑事部長に挨拶に行った。

五〇代なかばくらいの富岡秀介《とみおかしゅうすけ》捜査二課長と智花が一緒についてきた。

富岡二課長は、丸顔でにこやかだが目つきが非常に鋭い人物だった。

「警察庁長官官房の朝倉真冬と申します」

部長室の机の向こうで立ち上がった森寺部長は四〇代なかばくらいだろうか。

この若さで刑事部長、警視正ということは間違いなくキャリアだ。

鼻が高く細い顔にメガネを掛けた秀才っぽい男性だった。

なんとなく今川を老けさせた感じの陽気な雰囲気を持っている。

「やぁ、君が明智審議官の懐刀《ふところがたな》の朝倉さんだね」

森寺部長は、明るい声で言った。

真冬はなんと返事してよいのか、答えに窮した。

「このたびはいろいろとお世話になります」

ぺこりと真冬はお辞儀をした。

「君だってキャリアなんだから、うちに異動してくるかもしれんだろう。明智先輩は君が京大出身だと言っていたから可能性はあるはずだ。すべては明智さんに頼まれている。京都にいる間は気安くすごしてくれ」

鷹揚な調子で森寺部長は微笑んだ。

「ありがとうございます」

いろいろと世話になるだろう。真冬はふたたび頭を下げた。

真冬が退出した後にも、捜査二課長と智花は刑事部長と話し合っていた。

午後になって、森寺部長は捜査一課と捜査二課の課長、課長補佐などの管理職を二〇名ほど、刑事部の会議室に招集した。

横地吉也殺しについて仮の捜査本部を設置するという話だった。

捜査二課長、智花、秋月、稗貫などとともに真冬も出席した。

「皆が知っている通り、横地吉也は捜査二課が投資詐欺の元締めとの容疑で逮捕に向かったところ殺されていた。詐欺事件については被疑者死亡で送検するしかない。だが、これらの詐欺事件には黒幕が存在し、その者が横地を殺害したというのがわたしや捜査二課長、課長補佐の統一の見解だ。京都府警としては黒幕を明らかにし検挙するために全力を尽くさなければならない。この件については捜査二課が中心となって捜査を進める」

森寺部長の声は朗々と響いた。

「一方、横地殺しの捜査は、たまたま彼が旅行中だったために、兵庫県警が行うこととなった。豊岡署に捜査本部が設置される。しかし、横地は京都市民であって、自宅は京都市下京区朱雀堂ノ口町にある。横地の顧客も、知人、友人の多くも京都市内に居住している。従って、鑑取りも捜査は京都中心にならざるを得ない。兵庫県警、しかも豊岡で位置的に圧倒的不利だ。豊岡から京都は特急でも片道二時間以上掛かる。横地殺しの鑑取り捜査については兵庫県警刑事部長と連絡を取り、原則として京都府警が行うこととした」

会議室内はしんと静まりかえって咳払《せきばら》いさえ聞こえない。

「この後うちの本部長と協議するが、横地殺しについては兵庫県警と連携を密にすることで合同捜査本部の設置は現時点では必要ないと考えている。状況次第では今後、設置する可能性がゼロとは言えないが、当面は捜査協力という形で足りるものと考えている」

森寺部長は言葉を切った。

真冬にはわかった。兵庫県警は主として地取り捜査と遺留品捜査を担当するわけだが、横地殺しの犯人につながる可能性は少ないと刑事部長たちは考えているのだ。とすれば、合同捜査本部を設けてもあまり意味はない……情報の共有を密にすれば足りると思っているのだろう。平たく言えば、彼らは兵庫県警を信頼していないとも言える。兵庫県警は規模こそ京都府警の倍近いが、その多くは神戸や尼崎、姫路地域に偏っており、但馬地域は四六警察署のうち三所轄しか存在しないのだ。それともプライドの高い京都府警は、非違《ひい》事案（不祥事）が多い兵庫県警を嫌っているのかもしれない。

「捜査二課長の富岡だ。部長も仰せの通り、横地吉也の詐欺事件についてはいままで通り二課で継続して進めて、現れてきた黒幕の全容を解明する。さらに横地殺しの鑑取りだが、顧客や仕事関係については捜査二課が、友人・知人関係については捜査一課にお願いしたいと思うのですが……志村一課長いかがですか」

富岡二課長は隣に座るガッチリした四角い顔の同年輩の男性に訊いた。

「捜査一課では一係分の捜査員を投入しましょう。横地の友人・知人関係の鑑取りはまかせてください」

「よろしくお願いします」

富岡二課長はにこやかに言った。

「それでは、志村一課長、富岡二課長、今日中に捜査員の班分けをすませてほしい。名簿ができたら、わたしのところに持ってきてくれ。以上だ」

森寺部長はそう言って立ち上がった。

会議は終わった。

真冬は智花と秋月から、横地吉也の逮捕状発付に至る資金の流れについての説明を受けたり、一連の詐欺事件を振り返ったりして時間をすごした。

捜査二課の面々はそれぞれの担当する捜査に出ていて留守だった。

刑事部のベースに駆け込んできた稗貫が、捜査二課の机の島に足早に進んできた。顔色が変わっている。

しかし、それは悪い話ではなさそうだ。

稗貫は頬を上気させて叫んだ。

「湯本補佐っ」

「どうしたの？」

智花は驚いて稗貫を見た。

「横地殺しの有力な被疑者が浮上しました」

背筋を伸ばして、稗貫は誇らしげに言った。

真冬と智花は顔を見合わせた。

「本当かっ？」

秋月が声を張り上げた。

「はい、係長。四課にもいちおう話を聞きに行ったんですよ。わたしとむかし同じ所轄にいた男がたまたま当直で、今朝の事件について話しました。そしたら、四課で追っていた多田春人《ただはると》って男が、横地殺しのホシである可能性がきわめて強くなりました」

張りのある声で稗貫は言った。

捜査四課は多くの警察本部で暴力団対策を担当しているセクションだ。いわゆるマル暴刑事たちの集団である。

「何者なの？」

智花は稗貫の顔を見ながら訊いた。

「指定暴力団朝比奈《あさひな》組傘下の深井《ふかい》組の客分です。深井組ってのは南区の東九条にあるチンケな組なんですけどね……多田は別の殺しの疑いで四課が張っていた男だそうです。その事件については証拠が摑めなくて四課も苦労しているらしいんです」

苦い顔で稗貫は言った。

「ヤクザなのですね」

思わず真冬も訊いた。

「はい、生粋《きっすい》のスジモンで、年齢は三六歳です……ところが多田は三日前に姿をくらましたらしいんです。ほんのちょっとした隙に四課の指示で監視についていた所轄の目をくらまして、いきなり消えたんです」

稗貫は顔をしかめた。

「監視に気づいていたのかしら」

智花は首を傾《かし》げた。

「それはないだろうと四課の者は言っています。気づいてなくても日頃から隠密行動をとる男らしいです。忍者みたいな男だって、四課のヤツは言ってました」

のどの奥で稗貫は笑った。

「それで多田が横地殺しの犯人と考えられる根拠はなに？」

厳しい声で智花は訊いた。

「わたしが四課の知り合いに頼んで、多田の顔写真を兵庫県警の四課に送ったところ、浮かび上がってきました。一昨日の夜に城崎温泉で見かけた刑事がいるっていう話なんです。多田はもともとは神戸の朝比奈組傘下の首藤《すどう》組ってとこの組員で、あっちで相当に悪さをしていた男らしいんですよ。で、神戸に居づらくなって、同じ系列の深井組にワラジを脱いで客分扱いになったそうです。だから、兵庫県警の四課が多田の顔を見知っていた。見かけたその刑事は警戒を強めていたそうですが……潜伏先もわからないで手をこまねいていた。そこへ今朝の事件が起きたというわけです。もっとも、それだけで多田をホシと決めつけるわけにはいかないです。でもね、あの殺し方は素人にはできないはずです。迷い傷もなにもなく、的確に心臓を狙っている。しかも二回刺してとどめを刺している。人間を刺し慣れている者のしわざとしか思えません。そもそもマルガイの横地は裏社会の人間です。ホシもスジモンである可能性は高い。それに、ドンピシャのタイミングで多田が城崎に現れたんです。有力な被疑者として考えてもおかしくはないでしょう」

静かに稗貫は報告を終えた。

真冬も胸がドキドキしてきた。

多田を確保すれば、黒幕に迫っていける可能性も出てくる。

「よくやったな、稗貫」

秋月は拍手するそぶりを見せて賛辞を口にした。

「いやまぁ、まだホシと決まったわけじゃないですし……」

稗貫は黒い顔を赤くして照れた。

「たしかに有力な筋ね。さっそく、課長にお話ししましょう。稗貫、一緒に来て」

智花は声を弾ませ立ち上がった。

部屋の奥にある課長の机に進んだ智花は、稗貫とともに戻ってきた。

富岡二課長が小走りに部屋を出ていった。

「稗貫は引き続き、多田春人の立ち回りそうな場所を追っかけてちょうだい」

智花は稗貫とともに課長席から戻ってきた。

「了解です。四課にもう一度、詳しく訊いてきます」

稗貫は小走りに二課の島を離れた。

「課長は部長に報告するそうです。四課も含めて何人かを豊岡署に送ることになるでしょう」

自席に戻った智花は、真冬に微笑みながら言った。

「わたしにできることはありませんか」

事態が大きく動いた。

自分にできることはないだろうか。真冬は気負い込んで訊いた。

「大きく動くときには、必ず連絡させます。本日はお疲れさまでした。いま、誰かに宿泊先まで送らせます。あんまりいいホテルじゃないんでごめんなさい」

智花は眉根を寄せた。

「ありがとうございます。なにからなにまですみません」

退出しなければならないことに、いくらかがっかりしたが、真冬はひたすらに礼を言った。

「朝倉警視は、久しぶりの京都ですよね。ゆっくりおばんざいでも召し上がってください」

秋月が如才なく言った。

お番菜、お晩菜などの字が当てられるが、京都の家庭で作られる惣菜を指す言葉である。

料理人が作る京料理とは対称的な存在で、野菜の煮物や干物などを焼いたものなどあまり手間をかけない家庭料理のことだ。

「はぁ……まぁ」

真冬はどう答えていいか困った。

京都人ではなく、学生時代をすごしただけの真冬は、あまりおばんざいを食べたことがない。

新たな課題が出てきた以上、まだまだ智花は働くに違いない。

警察庁でデスクワークをしていた頃の自分も残業の毎日だったが、こんな緊張感のある残業ではなかった。

クルマの準備ができたと捜査員が呼びに来た。感謝しつつ、真冬は刑事部の部屋を出た。

京都府警のおかげで、真冬は丸太町《まるたまち》通《どおり》沿いのビジネスホテルに収まることができた。送ってもらったので、一〇分もかからなかった。

京都御苑西側にある府警本部とは直線距離で三キロほどしか離れていない場所だった。

宿泊料金は京都府警が負担してくれるとのことだった。

JR山陰本線の円町《えんまち》駅に近く、周囲には飲食店もコンビニもあって便利のいい場所だ。

朝からの目まぐるしい時間の連続に、真冬はクタクタに疲れていた。

多田春人のことは気になっていたが、すぐどうということはないだろう。

智花からの次の連絡を待つしかない。

とりあえず、真冬は夕食をとることにした。

青春時代を京都ですごした真冬にとっては京料理はそれほど珍しいものではなかった。

真冬は金沢人なので、自炊してもおばんざいは作れない。

家庭の味であるおばんざいはともあれ、料理屋で京料理を食べる機会は何度もあった。

住んでいた街の名物料理はふだんはそんなに食べたいとは思わないものだ。

たとえば、日常から京懐石を食べたい京都市民は少ないだろう。

近くのカレー屋でタイカレーをビールとともに流し込んで宿に戻った。

そう言えば、京都府警と行動を共にするようになってから今川と電話もメールもしていない。

だが、本来の調査官の職務とは逸《そ》れてきているので、調査官補の今川の手を煩わすわけにはいかない。

今川だって忙しい。

必要なとき以外は、明智審議官に直接連絡を取るべきだ。

グルメ情報は別として……。

シャワーを済ませた真冬は、近くのコンビニで買ってきたしば漬や千枚漬を肴《さかな》に、缶ビールを飲んだ。

眠くなってきたので歯磨きを済ませて宿のガウンに着替えた。

明日は八時半に迎えのクルマをよこしてくれると言っていた。

いつもより早めに真冬はベッドに潜り込んだ。

鴨川《かもがわ》の瀬音、宝泉院《ほうせんいん》の水琴窟《すいきんくつ》、詩仙堂《しせんどう》の鹿《しし》おどし、平等院《びょうどういん》の鐘の音。

京都は音の風景が美しい街だ。

が、ここでは窓の下の丸太町通を通るクルマの音しか聞こえない。

夢のなかで嵯峨野《さがの》の竹鳴りが響いたような気がした。

第二章　渡月橋のみぎわ

1

竹鳴りではない……耳障りな甲高い音が響いている。
着信音が鳴って、真冬はベッドの中からスマホに手を延ばした。
「こんな時間にすみません。湯本です」
智花のはっきりした声で、真冬は跳ね起きた。
ベッドに埋め込まれたデジタル時計は午前六時二分を示していた。
目覚ましは七時にセットしてあった。
窓の外は明るくなっている。

「なにかありましたか？」

こんな時間の電話には、嫌な予感しかない。

「多田春人らしき男の遺体が発見されました」

落ち着いた声音で智花は、とんでもない事実を告げた。

「え……多田が……」

真冬は言葉を失った。

「嵐山《あらしやま》の桂川《かつらがわ》左岸の岸辺で発見されました。正確に言うと、右京区の嵯峨亀ノ尾町《さがかめのおちょう》です」

京都大学出身の真冬は地名を聞いて嵐山公園のある場所だとわかった。

「今朝のことですか？」

声の震えが抑えられなかった。

「夜明け過ぎの四時五〇分頃、嵐山の写真を撮りに来たアマチュアカメラマンが発見したのです。機捜が現場到着したのですが、そのうちの一人が多田の顔を見知っていたので正体が判明しました」

智花は淡々と説明した。

犯人は多田の身分を隠す意図があったのだろうか。

「では、間違いないのですね」

真冬は念を押した。

「まだ、その機捜隊員も現場にいるそうなので、確認のためにこれから臨場しようと思っています」

智花は力強い声で言った。

「わたしも連れて行ってください」

しっかりとした声で真冬は頼んだ。

「そうおっしゃるだろうと思っていました。わたしはいま府警本部にいます」

明るい声で智花は答えた。

「府警本部からだと、けっこう遠いですよね」

嵐山の西向こうは同じ京都でも、旧丹波国《たんばのくに》だ。

「ちょうど真西なんですが一〇キロくらいでしょうか。緊急走行していきますので、三〇分掛からないと思います」

「意外と早く着きますね……お手間をとらせて申し訳ありません」

「いいえ……そちらに寄ります。あの……朝倉さんは起きたばかりですよね」

心配そうな智花の声が響いた。

「そうなんです」

「それじゃ、すぐには出られませんね」

さすがに智花は女性だけのことはある。

シャワーは昨夜浴びて寝たが、ヘアメイクにはそれなりの時間はかかる。

「ええ……最短でやります」

「三〇分後ではいかがでしょう」

「ええと、いちばん早くてどれくらいで来られますか」

「そうですね一〇分あれば着くと思いますが、それじゃ支度できないですよね」

智花はまたも心配そうに訊いた。

一〇分で身支度ができるはずもない。

しかし、自分のために智花たちに迷惑を掛けたくはなかった。

「すみません……一〇分では無理なので、タクシーで向かいます」

「でも、それでは朝倉さんが遅くなりすぎます。周辺地域の封鎖や、ご遺体の保存作業は右京署が進めています。少しは余裕がありますので、やはりお迎えに上がりますよ」

「じゃあ、二〇分で支度します。二〇分後にホテルの前に立っています」

「わかりました。それでは二〇分後に」

「よろしくお願いします」

真冬は電話を切った。

あわててサニタリスペースに向かい、真冬は洗顔と歯磨きをすませて髪をとかした。超スピードアップして真冬は化粧をして髪を整えた。

考えてみれば、本部であれ所轄であれ、捜査員は化粧する暇もなく出動しなければならない場合もあるだろう。当直中はもちろん、仮眠中なども当然化粧を落とさないはずだ。

しかし、自宅や警察寮などの住居で寝ている場合はどうするのだろう。

調査官の職務はこの点では楽だったことに、いまさらながらに気づいた。キャリアが就《つ》く多くの任務は労働時間は長いが、このような緊急出動はない。

智花は大変な仕事をしているのだな、と改めて感心するのだった。

息せき切ってパンツスーツに着替えた真冬は、フロントのキーボックスに部屋の鍵を戻して建物の外に出た。

ひんやりとした空気が全身を覆う。

五月末にしてはかなり涼しい朝だった。

雨は降っていないが、空は曇っている。

静かな空気を引き裂くようにサイレンの音が響いてきた。

丸太町通の東側から、赤色回転灯を光らせたシルバーメタリックの覆面パトカーが疾走してくる。

真冬が手を振ると、面パトはサイレンを切って目の前に停《と》まった。

後部座席のドアが開いて、智花が静かに下りてきた。

淡いグレーのパンツスーツを身につけて、しっかりとメイクを施している。

さすがだ……。こんなときでも涼しく身じまいを整えている智花に真冬は感じ入った。

顔色もよく疲労の影は見えない。

「おはようございます。お待たせしてすみません」

せわしなく真冬は頭を下げた。

「急がせちゃってごめんなさい。さぁ、どうぞ」

いくぶん硬い微笑みを浮かべて智花は、真冬を後部座席へと誘った。

真冬が乗り込むと、面パトはふたたびサイレンを鳴らして西へと全速力で進み始めた。

運転席には若い私服警官が、助手席には秋月が座っていた。

「おはようございます。予想外の事態になりましたね」

振り返った秋月が、平静な声で言った。

「またも辿っていた糸が切れましたね」

浮かない声で真冬は答えた。

「仰せの通りです。我々が立ち向かっている敵は、思っていたよりも大きいと感じます。だからこそ、全力を尽くして敵を追い詰めなければなりません」

秋月の目には強い光が輝いていた。

真冬は秋月の表情を好もしく思った。

面パトは丸太町通から三条通へ入ってひたすらに西へと進む。

このあたりは寺社も少なく、マンションや商店が多いので京都らしい雰囲気は薄い。しばらく進むと、府道二九号と合流するあたりでパッと視界が開けた。左の車窓には静かに桂川が流れている。

時間が早いために、観光客の姿はかなり少なく、対向車も見られない。面パトはサイレンを消して、桂川沿いを進んでいく。

上流にはこの地区を代表する嵐山を背景として、渡月橋《とげつきょう》が優美な姿を現した。

渡月橋は平安時代に空海の弟子の道昌《どうしょう》法師によって架けられたという。その後何度も流失・架橋を繰り返し、現在の橋は昭和九年に架けられた。橋上には現在走っている府道二九号が西京区の中心地へと続いている。

本来は法輪寺橋《ほうりんじばし》という名だが、鎌倉末期に亀山《かめやま》上皇が「橋上から夜空を眺めると、あたかも月が橋を渡っているようだ」という感慨から渡月橋と名づけた。

幾多の物語や歌にも詠まれて、嵯峨野地区というより京都西部を代表する景観だ。景色の美しさや知名度から、外国人観光客にも人気が高い。

大学時代に何度か嵐山に遊んだ真冬にとってはなつかしい風景だった。

京都市で二番目に高い標高の愛宕山《あたごやま》は右手にちょっとだけ顔を出している。

正面の嵐山中腹のかなり低いところには細い雲がたなびいている。

面パトは渡月橋を左に見て、さらに桂川の左岸を遡ってゆく。

このあたりの川と反対側の右手の道沿いには、灰色の瓦を並べたシックな旅館や飲食店がずらりと軒を並べている。

すぐに道路の左側に何台もの警察車両の駐車の列が現れた。

パトカーもワゴン車も回転灯を回したまま駐《と》まっている。

真冬たちの面パトは警察車両の駐車列に近づいた。

奥で立哨《りっしょう》していた二人の制服警官が駆け寄ってきた。

二人とも防刃《ぼうじん》ベストを身につけている地域課員だった。

「捜査二課だ」

窓を開けて運転手が名乗った。

「お疲れさまです。右京署の者です。本部刑事部の方とうちの署の刑事課が来ています」

年かさの巡査部長の徽章《きしょう》をつけた制服警官が答えて道を空けた。

鑑識係のものらしい銀色のワンボックスワゴンの後ろに面パトを駐めた。

真冬は智花と一緒にクルマを下りた。

木々の清々しい香りが鼻腔に忍び込んできた。

真冬は息を思いきり吸い込んだ。

桂川の手こぎ遊船やボートの左岸船乗り場が現場のようだ。

府道から川沿いの石畳の遊歩道に足を踏み入れると、すぐ目の前に黄色い規制線テープが張られていた。船乗り場の入口にあたる位置で、かたわらには遊船の料金を支払う管理小屋が建っている。

ここにも二名の制服警官が立哨していた。

真冬たちが近づくと、二人はさっと左右からテープを持ち上げてくれた。

秋月が先に立って船乗り場に入った。

「ありがとう」

真冬は身をかがめてテープを潜《くぐ》った。

「あちらのようですね」

秋月が指さす上流方向の岸辺には、紺色の現場活動服を着てキャップをかぶった鑑識係員が立ち働いていた。

鑑識係員は写真を撮ったり、地表の微物を集めたりと忙しそうだ。

まわりには白シャツ姿の私服捜査員たちが所在なげに立っていた。

五〇年輩の痩せた長身の男が歩み出た。

左腕に「機捜」と縫い取りのあるえんじ色の腕章をつけている。

「お疲れさん。捜査二課の者だ」

秋月はさらっと名乗った。

「へぇ、本部からですか……捜二ですか？」

不思議そうに男は訊いた。

「わたしは知能犯第二係長だ。こちらは湯本課長補佐」

秋月はゆったりとした口調で智花を紹介した。

「えっ……そりゃあ失礼しました」

男は一歩後に退いて、深く身体を折った。

まさか警視が臨場するとは、夢にも思わなかったようだ。

しかも、智花は若い女性だ。捜査二課の新米刑事くらいに思っていたのだろう。

警視は右京署なら、署長にあたる階級だ。

「湯本です。ご苦労さま」

智花はゆったりと微笑んだ。

「ご苦労さまでございます。機動捜査隊の石坂《いしざか》です」

石坂と名乗った男は丁重に挨拶した。

ほかの私服捜査員たちもいっせいに智花に頭を下げた。

鑑識係員たちはそれぞれの作業に熱中していて、こちらを向かなかった。

「捜査一課はまだ来てないのか？」

秋月は首を傾げた。

「遅いですね。追っつけ来ると思いますよ。本部からはわたしと相方……それからあの人が」

少し離れたところに立っていた体格のいい男が近づいてきた。

「秋月さん、はばかりさん」

男は四〇歳くらいだろうか。

スウェットの上下を着ていて、刑事とは思えない。

岩に刻みつけたようなゴツゴツした顔つきで目つきが異様に悪い。

おまけにスキンヘッドに剃《そ》り上げている。

光り物を身につけて縞《しま》のスーツでも着ていたら、ヤクザにしか見えない。

「なんだ、乃美《のみ》か」

秋月は明るい声で言った。

「朝も早ようからはばかりさん」

乃美はのんきな声を出した。

「どなたですか」

智花が秋月の顔を見て怪訝《けげん》そうに訊いた。

「うちの四課の乃美隆章《たかあき》巡査部長です」

眉根を寄せて秋月は答えた。

「乃美さん、ご苦労さま」

鷹揚に智花は言った。

「ご苦労さまでございます。湯本課長補佐でいらっしゃいますね。へぇ、お噂《うわさ》はかねがね」

目尻を下げた乃美は智花の顔を見ながら言った。

「わたしの噂が四課に流れてるんですか」

首を傾げて智花は訊いた。

「そりゃあもう……若くて美人で秀才で、捜査二課がうらやましいって……あらら、今朝はもう一人、美人がいる」

乃美はヘラヘラと笑った。

笑うと、意外に人なつこい顔になることに真冬は驚いた。

それとともに、こんなセクハラ刑事がいるのかと苦々しくも思った。

智花はなにも言わずに黙っている。

自分の部下ではないからだろう。

市民に対してこんな発言をしたら、大ごとになるかもしれない。

「おはようございます、朝倉です」

にこやかに真冬はあいさつした。

「バカっ。セクハラ刑事め。おまえみたいな男が府警の評判下げてんだぞ」

まじめな顔つきで秋月は声を張り上げた。

真冬が苦情を言わなくても、京都府警には秋月のような刑事もいると知って安心した。

「おお、耳が痛《いて》ぇ痛ぇ」

大げさに乃美はのけぞって、わざとらしく耳をふさいだ。

「そちらは警察庁からお越しの朝倉警視でいらっしゃる」

秋月は不機嫌な声を出した。

乃美は両目を大きく見開いて左右の掌《てのひら》を顔の前で開いて片足を上げた。

「存ぜぬこととは申せ、とんだ失礼をば、いやさ、つかまつりましたぁ」

歌舞伎っぽい口調を乃美は作った。

真冬は噴き出してしまった。

「ところで、なんでおまえがここにいるんだ」

不思議そうに秋月は訊いた。

「知りませんでしたか。わし、有栖川《ありすがわ》駅の近くに住んでまして。ほんでもって、毎朝、こっちのほうまでランニングしてるんです。警察官はなんと言うても健康第一ですから」

まじめな顔を作って乃美は答えた。

それにしても乃美に朝ランは似つかわしくない。

「そりゃあ知らんかったな。おまえが健康志向やとはなぁ」

からかうように秋月は言った。

「へへへ。家内に腹が出てきたって言われて朝ラン始めたんですわ。で、たまたま渡月橋まで来たら、機捜が来てる。なんだろうと思って首突っ込んだんですよ。そしたら、引き上げられたホトケが、前からうちが追っかけてる多田やないですか。たまげて本部に連絡しましたよ」

乃美は驚いたような顔で言った。

「それで、マルガイが多田だって連絡が早かったんだな」

秋月はうなずきながら答えた。

「ま、遅かれ早かれわかるでしょうけどね。ところで、多田の野郎、城崎でやらかしたんですって」

今度は乃美は本当にまじめな顔で言った。

「まだ、裏は取れていない。捜査はこれからだった……」

顔をしかめて秋月は答えた。

「これ、間違いなく口封じですよ」

乃美は眉をひそめた。

「多田を殺ったのは深井組か？」

低い声で秋月は訊いた。

「さぁ、わからしまへん。せやけど、多田の野郎が城崎で殺したらしい男は詐欺の元締めだって話やないですか」

乃美は目を光らせた。

「ああ……横地は捜二が逮捕に向かったら殺られてた」

暗い顔で秋月は答えた。

「多田が横地を殺ったのも口封じですね」

乃美の声も暗かった。

「そう考えて間違いないだろう」

「ところが、当の多田が俺たちに目をつけられた。だから、今度は多田を殺っちまったってわけですね」

「ああ……そんな筋書きしか見えてこない」

「実行犯はスジモンだと思いますよ。だけど、ラスボスは違うかもしれないですね。となると、四課だけじゃ追い切れないな」

眉を八の字にして、乃美は弱り顔を見せた。

「二課は全力で黒幕を追い詰めるよ」

秋月は言葉に力を込めた。

こうした秋月の態度は爽快だ。

彼はいつも職務に対して飽くなき熱意を持っている。

「おきばりやす。うちのほうでなんか摑んだら、すぐに秋月さんとこに流しますんで」

明るい顔に戻って秋月は言った。

「ああ、頼んだぞ」

秋月は乃美の肩をポンと叩いた。

「まかしてください。さてと……俺は家帰って着替えないと。こんな姿を組関係に見られたくないんでね」

乃美は凄みのある笑いを浮かべた。

これがマル暴刑事の笑顔かと真冬は感じ入った。

「ああ、いろいろと悪かったな」

やわらかい声で、秋月は言った。

「なに言うてはります。俺と秋月さんの仲やないですか」

嬉しそうに乃美は言った。

「どんな仲だって言うんだ」

秋月は苦り切った声を出した。

「では、湯本補佐、朝倉警視、失礼します」

乃美は挙手の礼をすると、両手を腰のあたりにやって回れ右をした。

あっという間に乃美の姿は小さくなっていった。

マル暴刑事というのは、真冬にとっては初めて会う存在だった。

表現力豊かというか、いろいろと芝居がかっていることに真冬は驚いていた。

2

秋月は機捜の石坂に近づいていった。

「臨場したときのことを教えてくれるか」

厳しい顔つきになって秋月は訊いた。

スラックスのポケットから小さい手帳とメガネを取り出して、石坂はページをめくった。

「巡回中の自分たちに通信指令センターから、遺体発見、直ちに臨場するようにとの下命が入りました。臨場したのは、五時九分です。すると、この船乗り場の上流岸辺に引っかかるような感じでうつ伏せの遺体が流れ着いていました。そこで、右京署に応援を頼み、刑事課の数名で遺体をこの広場に引き上げました。自分が見たところ後頭部に裂傷があったので、他殺の疑いも濃いと思いまして……本署に連絡しました。で、その頃に捜四の乃美さんが来ました。乃美さんはマルガイの顔を見ると、すぐに多田春人だと断言したんです。それで、自分も本部にはマルガイが多田の可能性がある旨、報告したというわけです」

　生まじめな顔で石坂は答えた。

「よくわかった。ところで第一発見者は趣味の写真を撮りに来ていたそうだな」

　秋月は平らかな声で問いを重ねた。

「ええ、下京区に住む四三歳の会社員の男性で、朝の嵐山を撮ることを趣味としているようです。彼は夜明けの渡月橋をこのあたりから狙おうとしていたのですが、上流のほうを見て遺体に気づいたと言っていました。泡を食って一一〇番通報したわけですが、通信指令センターの指示通りここでわたしらを待っていてくれました。写真は一枚も撮れなかったそうです。事件と関わりがあるとは思えませんでしたので、住所や電話番号を控えて帰しました」

「とくに不審な点はなかったんだな」

　秋月は念を押した。

「ええ、怪しいようには見えませんでした。それに、これはわたしの個人的な勘なんですが、あの遺体はこの船乗り場で殴られて死んだんじゃないですよ。もっと上流ですね。鑑識に聞いてもらえばはっきりするでしょうけど。わたしは機捜に来る前は捜一にいたんでそのあたりは勘が働くんですよ。殺されたのも数時間以上前だと思います。つまり夜中ですな」

石坂は誇らしげに言った。

「どうしてわかるんですか」

不思議に思って真冬は訊いた。

「シャツがめくれ上がって背中が露出してたんですけど、背中にかなり死斑が出てましてね。死斑ってのは、血液が沈降するためにできるんです。ずっとうつ伏せだとすると、まずは二、三〇分後に腹側に出ます。背中側に出てくるのは五、六時間後からです。わたしの見たところ、朝六時頃で、すでに五、六時間は経《た》っていたと思います。そうすると、遅くとも午前一時頃……あるいはもっとずっと前の時間でしょう。だから、第一発見者は関係ないですよ」

したり顔で、石坂は断言した。

ベテランの刑事はそんなことまで知っているのかと、真冬は驚いた。

たしか刑事になると、鑑識についての一定の研修を受けるとは聞いたことがあるが……。

もちろんこうした法医学的な知識を真冬はほとんど持っていない。

「なるほど、ご教示ありがとうございました」

真冬は深々と頭を下げた。

「よしてくださいよ。長年、強行犯畑にいりゃ誰だってこんなこと知ってますよ」

石坂は顔の前で大きく手を振った。

彼の明るい雰囲気とは対照的に、秋月は難しい顔で腕組みをしている。

鑑識作業が終わったらしく、活動服の一団が引き上げてきた。

五メートルほど上流側にシートをかぶせられた遺体が見えた。

昨日のことを思い出して、真冬は少し緊張した。

鑑識係は道路の方向に歩いてゆく。

「捜査二課だけど。責任者はどなた？」

智花が歩み寄って声を掛けた。

「右京署刑事課鑑識係長の曽根《そね》です」

髪が真っ白な男が進み出た。

小柄で痩せた定年間近と思われる実直そうな男だった。

「ご苦労さま、捜査二課課長補佐の湯本です」

にこやかに智花は名乗った。

「あ、こりゃどうも」

恐縮したような顔つきで曽根は答えた。

「いま、機捜さんから聞いた話のなかで、鑑識さんに伺いたいことがあります」

明るい声で智花は訊いた。

「お答えできることでしたら」

曽根は恭敬な態度で身を縮めた。

「被害者はこの船乗り場ではなく、ほかの場所で殺されて川を流れてきた可能性が高いそうですが？」

智花は曽根の目を見て訊いた。

「まず間違いないですな。マルガイは棒状と思われるもので後頭部を殴られています。それは致命傷ではなく、おそらく殴られて桂川に落水し、溺死したものと思われます。そのあたりは解剖所見ではっきりするでしょう。それで、この船乗り場には、マルガイの血痕も肉片も……落ちてません。ここで殺されたのなら、必ずそうしたものが残るはずです」

自信ありげに曽根は答えた。

「次に死亡推定時刻なのですか……何時頃とお考えですか」

畳みかけるように智花は訊いた。

「いや、そりゃあ、司法解剖の結果を待たなきゃわかりませんよ」

困ったように曽根は答えた。

「あなたの見立てでけっこうですから教えてください」

ていねいに智花は頼んだ。

「はっきりとはわかりません。だいたい水に浸《つ》かっていたホトケの死亡推定時刻は割り出しにくいのです」

とまどったように曽根は答えた。

「機捜さんは死斑の状況から、遅くとも午前一時頃と言っていましたが……」

智花は声をひそめた。

「まぁ、ひとつの見解としてはありでしょう。ただ、ホトケが落水時、あるいは死亡時からうつ伏せであったとする証拠はどこにもありません。ただ、一般的には昨夜遅くではないかと考えられます。少なくとも発見された夜明け頃には数時間は経過していると思います。とにかく司法解剖の結果をお待ちください」

曽根はかなり慎重な男のようだ。

「ところで、被害者の所持品はなにかありましたか」

智花は質問を変えた。

「いえ、なにも持っていませんでした。ただ、高価なスーツを着ていましたね。靴も時計もみな高級品です。スーツについてはわたしはよく知らないブランドなんですが、若いヤツに言わせると《ブリオーニ》とかいう高級ブランドのものらしいです。腕時計はロレックスですな。ほかにはハンカチがポケットに入っていただけです」

淡々と曽根は答えた。

「では、多田春人とわかったのは、乃美さんが顔を見知っていたからなのですね」

「その通りです。四課の乃美の証言です」

曽根はきっぱりと答えた。

「ありがとうございました」

「いえ、お役に立てませんで……」

肩をすぼめて一礼すると、曽根は鑑識係員たちの立っているところへ戻って言った。

「じゃあ、わたしたちもご遺体を検分しましょう」

智花は捜査二課の面々に向かって、元気のよい声を出した。

「わたしが見てきますので、課長はここにいらしてください」

秋月が心配そうに智花の顔を見た。

「大丈夫です。昨日はちょっと疲れていただけです」

笑顔で智花は答えた。

彼女は昨日の失態を挽回したいのだろう。

秋月はなにも言い返さなかった。

さっさと先頭に立って、智花は引き上げられた遺体へと歩み寄っていった。

真冬も秋月たちも黙って後に続いた。

3

智花を気にしてか、曽根と二人の鑑識係員があとを追ってきた。

「水死体や、流されてきたホトケの場合、鑑識はやることが少ないんです。鑑識標識もないでしょう」

世間話でもするように、曽根は真冬に声を掛けてきた。

「たしかにそうですね」

鑑識の知識のない真冬は言われて初めて気づいた。

「多田はこの船乗り場で殺されたのではないので、鑑識標識を置く必要がないのですよ。地面に肉片や骨片あるいは血液がないかどうかで、ここが殺人現場かどうか確定できます。地表をチェックするのにそれなりの時間が掛かりましたがね。結果として、ここにはなにもなかった。となれば、遺体は上流から流れてきただけです。ゲソ痕もあるはずがないので、採取する必要もありません」

曽根はのんびりとした口調で言った後で、智花が立つ遺体のかたわらまで歩み寄った。

「シートを外していいでしょうか」

慎重な口調で曽根は訊いた。

「お願いします」

智花は静かな口調で言った。

真冬はごくりとつばを飲み込んだ。

シートが剝がされると、青い顔のスーツ姿の男が姿を現した。

臭気は襲ってこなかった。

まだ、腐敗しているはずはないし、血や体液などが川の水で流されたためだろう。

遺体にはたいていは表情がないそうで、多田の顔も人形のように無表情だった。

三六歳という年齢よりもいくらか老けて見えるような気もしたが、遺体なので真冬の感覚は当てにはならないだろう。

あごの尖《とが》った逆三角形の輪郭を持つ男だった。

当然ながら目はつむっていて、目つきなどの情報は読み取れない。

薄い唇からは酷薄《こくはく》な印象を受ける。

遺体ながら、よい人相ではない。

隣で智花は中腰になって真剣な表情で遺体を覗《のぞ》き込んでいる。

昨日のように不安定になることは少しもなかった。

真冬は安堵《あんど》した。

「裏返しますか」

曽根は智花の顔を見て訊いた。

「お願いします」

冷静な声で智花は答えた。

「おい、手伝ってくれ」

曽根は振り返って二人の鑑識係員とともに遺体を裏返しにした。

少量の水が服の中からこぼれた。

スーツの背中が泥で汚れている。

「ああ、これが殴られた痕ね」

智花は多田の後頭部を指さして声を出した。

後頭部の髪の間にゴルフボールくらいの裂傷が見られ、すこし凹んでいるような気がする。

「司法解剖で頭蓋骨に入ったヒビなどを調べなければ正確なことはわかりません。ですが、こんな感じの小さな陥没骨折がある遺体は、棒状のもので殴られている場合がほとんどなのです。石や壺などの鈍器で殴ると、もっともこれまた結果待ちですが、この程度の打撲ですぐに死ぬことは少ないので、殴られて落水し溺死したものと思われます。また、手足に擦過傷《さっかしょう》が見られますね」

曽根は遺体の掌を指さした。

真冬と智花は期せずして同時にうなずいた。

「これは想像に過ぎませんが、斜面を転がり落ちたときに生じた傷のように思われます。とすると、多田は高い場所で殴られて斜面を転がって落水してから溺死した可能性が高いですね。ま、解剖すれば一発でわかりますけどね」

にこっと曽根は笑った。

いい笑顔だった。

自分の仕事に自信を持っている人間というのはこんな笑顔を見せるものか。

真冬は果たしてこんな顔で笑えるだろうか。

いつも真冬は仕事には迷いだらけだ。

入口のほうで人の話し声が聞こえた。

「捜一が来たようですので、失礼します」

真冬たちの顔を見てから曽根が立ち上がった。

スーツ姿の数人の男女が、道路のほうから船乗り場に入ってきた。

曽根と二人の鑑識係員は捜査員たちに現場の状況を説明している。

どこかへ電話を掛けていた一人の年かさの捜査員が近づいてきた。

四〇代後半くらいで、四角い顔でガッチリとした体格をしている。

おだやかな顔つきだが、刑事らしく目つきは鋭い。

「秋月さんはおるか」

ゆったりと歩いてきた男はのんびりとした声を出した。

「おはよう。なんや、宮田《みやた》さんが出張ってきたか」

秋月は親しげな声を出した。

「いやいや、あんたが嵐山で、優雅に船遊びって聞いたもんやからな」

ニヤニヤ笑いながら宮田と呼ばれた男は言った。

「それじゃ一歩遅かったな。きれいどころは帰してしもたわ」

珍しく秋月が軽口で答えている。

「そらあかんわ。楽しみにしとったのに」

わざとらしく宮田は顔をしかめた。

「だから早く来ればええんや。なにしとった？」

「いや、捜四とどっちが仕切るか、ちょっともめてたんだわ」

まじめな顔で宮田は言った。

殺人事件は捜査一課の所管だが、被害者が暴力団組員となれば捜査四課の専門である。

「さっきまで捜四の乃美がいたよ」

乃美巡査部長は、真冬に強烈な印象を残していった。

「ああ。あいつがさっさとホトケは多田と知らせてきたんよ。で、捜四は自分たちの領分だって言い張ってね。だけど、殺しはうちの専門やからなぁ」

たしかに目撃者を探したり防犯カメラの映像を集めることに捜査一課や所轄の強行犯係は長《た》けている。

また鑑取り捜査であっても、暴力団関係者以外を対象とする場合は彼らのほうがノウハウを持っている。

捜査四課が得意なのはあくまでも暴力団周辺の捜査である。

「ホトケは、うちのほうのマル被の口を封じた男らしいんや」

難しい顔になって秋月は唇を引き結んだ。

捜査二課としては横地殺しの被疑者であり、黒幕を解明するために大事な男であった。

だが、二課が追っている横地とはまったく関係のない理由で、多田は殺されたのかもしれない。

そうだとすれば、この殺人事件の解明自体は捜二にはあまり関係がないとも言える。

「そうらしいな。だけど、こりゃあ捜一の出番や。捜二も捜四もコロシのプロじゃあない」

素っ気ない調子で宮田は言った。

「そりゃそうだが、捜二にも大いに関係のあるヤマや」

いくぶん尖った声で秋月は主張した。

「このヤマは捜一が仕切る。だいいち手口がマルBらしくない」

宮田はきっぱり言った。

マルBは暴力団を示す刑事の隠語である。

「そんなもんか」

驚いたように秋月は言った。

「ああ、マルBなら拳銃《ハジキ》でドキューンか、短刀《ヤッパ》でズブリ。あるいは大勢で殴り殺すやろう。これ、上流のどこかでこっそり殴って桂川に突き落としたんに違いない。そんな殺し方をあんまりマルBはやらないもんや」

「だけど、そうとは限らんやろう」

秋月は首を傾げた。

「それに財布や運転免許証がないってのも納得できん。ヤクザ同士の抗争なら、『誰それを殺したぞ』って敵対する組に示そうとするもんや。持ち物を奪ったらすぐにはホトケの身元がわからんやろう。ヤクザの抗争は相手に犯行をデモンストレーションするためのものなんや。誰を殺したのか隠す必要なんてさらさらないわ」

宮田はしたり顔で言った。

「ヤクザだって、誰かを秘密裡《ひみつり》に殺したい場合はあるやろう」

眉をひそめて秋月は言った。

「たしかにそういう場合だってあるけどな。わしの勘ではマルBやないような気がする」

自信ありげに宮田は言った。

「いずれにしても厄介なヤマやな……」

腕組みをして秋月は鼻から息を吐いた。

「右京署に捜査本部《チョウバ》が立つが、捜二と捜四からも参加してもらうことになるやろう」

宮田の口調は平らかだった。

「ああ、嫌やと言うても顔出す。出入り禁止にされても乗り込ませてもらうわ」

挑戦的な顔つきで秋月は言った。

「捜査二課課長補佐の湯本です」

智花が二人に静かに近づいて名乗った。

「あ、おはようございます。捜一強行犯第二係長の宮田光次《こうじ》です。わざわざ補佐が足をお運びとは驚きました」

宮田は身を縮めて答えた。

「ご苦労さま、捜査本部は一課の仕切りなんですね」

やんわりと智花は訊いた。

「はい、第一報をお聞きになった部長がお決めになったと課長から伺っております。

それで、二課と四課も参加せよとのお言葉だそうです。また、捜査が進んだ段階で各課の捜査員のバランスを修正することもあるとのことです」

しゃちほこばって宮田は答えた。

「二課も精鋭が参加しますのでよろしく。では、わたしたちはもう失礼致します」

智花はにこやかに言った。

「ご苦労さまでした」

宮田はきちんと身体を折って礼をした。

あたりの捜査員たちもいっせいに礼をして、智花一行を見送った。

同じ警視だが、ずっと霞が関で働き続けていた真冬は見たことのない光景だった。

階級制度について警察は極端ではないかと感じた。

警察車両の近くには、すでにたくさんの観光客がそぞろ歩きしていた。

なにが起きたのかと立ち止まって、現場を眺めている者も少なくない。

真冬はこんな雅《みやび》やかな美しい場所で、悲惨な殺人事件を捜査しなければならない警察官という職業のつらさを感じた。

4

真冬と捜査二課の面々は全員が府警本部に戻った。

捜査二課の島で真冬は智花とともに一休みしていた。

秋月係長は捜査四課と共同で多田春人の鑑取り捜査に向かっていた。

高原たちは多田の前科照会を行っていた。

暴力団組員であるから、当然のようにいくつもヒットした。

顔写真も指紋も警察の記録に残っていた。

もっとも多田が死んでしまった以上、あまり役に立つことはないかもしれないが……。

真冬は明智審議官に電話を入れた。

「急いで臨場したのでご連絡が遅れましたが、横地殺しの被疑者と思われていた多田春人が殺害されました」

真冬は端的に告げた。

「暴力団組員の男だったな。いつどこで殺されたんだ？」

明智審議官の声の調子は変わらなかった。

「今朝四時五〇分頃に嵐山の桂川左岸船乗り場に遺体が流れ着いていました。これから司法解剖なので詳しいことはわかりませんが、昨夜遅く上流のどこかで後頭部を殴られて落水し溺死したと推測されています」

「昨夜か……」

明智審議官は低くうなった。

「はい、今朝の時点で死後数時間経過していることは間違いないようです」

「時間的に考えて口封じの可能性が高いな。捜査本部の情報を摑《つか》んでわたしに伝えてくれ」

「承知致しました」

「引き続き捜査二課に張りついているように。基本的には湯本くんと行動をともにしなさい」

あっさりと電話は切れた。

稗貫が近づいてきた。

「立派な仕事ぶりが見られますよ」

名指ししなかったが、真冬と智花に言ったのだろう。

「いったいなんですか？」

なんのことやら少しもわからずに真冬が訊くと意味ありげに稗貫は笑った。

「いや、乃美がね……」

笑いをこらえるような稗貫の顔つきだった。

乃美と聞いて、関心が出てきた。

「行ってみます。湯本さんもいかがですか」

真冬は智花に向かって明るい声で誘った。

「はい……ご一緒します」

智花は首を傾げながら立ち上がった。

真冬たちが連れていかれたところは、刑事部の取調室が並んでいるエリアだった。

「ここです。面通しする部屋なんで、大きな声は出さないようにお願いします」

稗貫は自分の唇に人さし指を当てた。

ハーフミラーの窓が設けられていて取調室の内部が見える。

中央にグレーのスチール机が置かれていて、一方の回転椅子には白シャツ姿の乃美が座っている。

反対側には白髪交じりの角刈りの男が腕組みして座っていた。

和服姿の老人は七〇近いのではないだろうか。

乃美に負けぬ四角い顔で、口をへの字に引き結んでいる。

部屋の隅には一人の若い私服警官が無表情で立っている。

奥のほうに、別の机があって別の私服警官がPCに向かっている。

「さっきから乃美が深井組の深井好太郎《こうたろう》組長を取り調べてます」

ハーフミラーの向こう側を覗き込みながら、稗貫は静かな声で言った。

「こんなに早く？」

智花は驚いたように訊いた。

「ええ、乃美は出勤するなり、四課長に深井組長を任意で引っ張りたいと電話を入れて了承されたそうです。で、捜四が何人かで南区の深井組長の自宅に押しかけて起き抜けの組長を引っ張ってきたみたいです」

稗貫はのどの奥で笑った。

深井組は殺された多田春人を客分としておいていた暴力団だったはずだ。組長は古い映画に出てくる俠客……渡世人《とせいにん》という雰囲気だ。人相としてはむしろ乃美のほうが悪い。

「いつまでも黙ってるな。けったくそわるい」

いきなり怒声を張り上げて乃美は机を拳で叩いた。

真冬は反射的にきゅっと身を縮めた。

取調室内部の音声は、どこかに設置されたマイクが拾ってこの面通し室のスピーカーから流れるようになっているらしい。

智花を見ると眉間にしわを寄せて室内を見つめている。

「知らんよ。さっきから刑事さんの言うとることはわけがわからんわ」

深井組長はそっぽを向いた。

「トカゲの尻尾《しっぽ》切りか。俺たちが多田に目をつけたから口封じに殺っちまったってわけだな」

せせら笑うように乃美は言った。

「わしゃあなぁ、そんなアコギなこたぁしねぇわ」

天井に目を遣《や》った深井組長はふんと鼻から息を吐いた。

「ふざけんな。多田はおまえんとこの客分じゃねぇか。おまえ以外に誰が多田に横地殺しを命じた者がいるっていうんだっ」

乃美はふたたび机を叩いた。

今度は真冬は慣れて身を縮めずにすんだ。

「さぁなぁ、わしの知らん話や。多田のイカれてるとこを見込んで、コロシを頼んだアホがいるんやろ」

深井組長はとぼけたように笑った。

「かますんじゃねぇ」

乃美は眉間にしわを寄せた。かますはウソを言うの意味だ。

「ほんまや。わしの知らん話と言うてるやろが」

強い口調で深井組長はつばを飛ばした。

一瞬、乃美は黙った。

「おい、このクソじじい、吊《つる》せや」

ぽつりと乃美は言った。

「はぁ？」

隅に立っていた若い刑事が目を剝いた。

「四、五人連れてきて、窓から吊せ」

顔色を変えずに乃美は命じた。

「そやけども、ここの窓開きまへんよって」

目を白黒させて若い刑事は答えた。

「あほんだら。屋上から吊せ、そう言うてるんや」

乃美は激しい声で再度命じた。

「そんなん無理ですわ」

若い刑事は顔の前でせわしなく手を振った。

真冬はこころの底から驚いた。

仮にも警察官が口にしていい脅《おど》しではない。

「おい、乃美。おまえ、ヤキが回ったな」

だが、深井組長は平然とした顔だ。

「なんやて」

乃美は目を怒らせた。

「わしにそんな脅しが通じると思うとるのか。屋上に連れてけると本気で思うとるのんか」

平然と深井組長はうそぶいた。

ふたたび乃美はわずかの間黙った。

「おい、洗面器持って来いや」

乃美は若い刑事の顔を見て命じた。

「洗面器ですかぁ?」

若い刑事が首を傾げた。

「水をいっぱいに張ってな、このじじいの顔を沈めるんや。ボケたこと抜かしてるから、頭冷やして思い出させてやろう思うてな」

まじめな顔で乃美は言った。

「そんな……無理ですわ」

若い刑事は眉根を寄せた。

「相手はスジモンだ。かめへん、かめへん」

乃美は平然と言って笑った。

「ひどい……一九五条知らないの」

智花が眉間にしわを寄せてつぶやいた。

真冬もまったく同感だった。

特別公務員暴行陵虐罪《りょうぎゃく》……刑法第一九五条第一項にこうある。

「裁判、検察若《も》しくは警察の職務を行う者又はこれらの職務を補助する者が、その職務を行うに当たり、被告人、被疑者その他の者に対して暴行又は陵辱若しくは加虐の行為をしたときは、七年以下の懲役又は禁錮刑に処する」

まさに典型的事例だ。

「あの……部長。いくらなんでもまずいっすよ」

顔の前で手を振って若い刑事は乃美を諫《いさ》めた。

警察内では一般的に巡査部長を部長と呼ぶ。

各部の部長は警視正以上の地位なのでかけ離れているが、ふつうは混同されることはない。

「そうだ、まずいわ。取調べの可視化……取調べ全過程の録画が義務づけられとるんやろ。わしが洗面器に顔突っ込まれたら、ええ見物《みもの》になるわな」

淡々と深井組長は言った。

「えらそうなこと言うて、素人はこれだから困る」

鼻の先にしわを寄せて乃美は笑った。

「刑訴法の一部改正……二〇一九年六月には施行されとんやったなぁ」

平気で深井組長は続けた。

「ええか、この部屋のカメラはいまは動いてへんのや。参考人や逮捕されてない被疑者には録画が義務づけられてへんのを知らんのか。おまえは参考人やで。これは取調べの可視化の対象外や」

深井組長の顔を見て乃美は勝ち誇ったように笑った。

乃美の言うことは正しい。逮捕されていない被疑者と参考人の事情聴取は取調べの可視化の対象とはなっておらず、たとえば日本弁護士連合会は義務化を要望している。

「うるさいボンやな」

だが、深井組長は動じなかった。

「なんやと」

乃美は尖った声を出した。

「きいきいムキになって騒ぐんやないで」

小馬鹿にしたような声で深井組長は言った。

「ケンカ売る気かっ」

乃美は気色《けしき》ばんだ。

怒りで顔が青く膨れ上がっている。

「いいか、二度とは言わんから耳の穴かっぽじってよぉく聞けや」

深井組長は薄ら笑いを浮かべた。

「ゴタクはええわ。さっさと言わんかい」

乃美はツバを飛ばした。

「多田春人はなぁ、最近、何度か竹内秀三《たけうちしゅうぞう》と会うていた」

静かな声で深井組長は言った。

立っている若い刑事が目を見開いた。

智花と稗貫は顔を見合わせた。

真冬はもちろん竹内秀三という名前を知らなかった。

従って、どのような人物かもわかるはずがない。

「あの京都財界の有力者か……」

乃美はうなり声を上げた。

「せやせや、洛都《らくと》産業の会長や。あいつはいけすかん。わしにとっても気に入らん男や」

深井組長は最後は吐き捨てるような調子になった。

「嘘やないな」

真剣な顔つきで乃美は念を押した。

「いまさらウソついてどないするんや。多田のようすが変やからうちの若いモンに見張らせてたんや。うちのもんやったら許さんが、しょせん多田は客分だ。自ままにさせとったんやがな……まさかコロシを請け負うとはな」

あきれたように深井組長は言った。

「コロシを請け負っただと？」

乃美の言葉は震えていた。

「さぁな、そう思っただけや」

とぼけ顔で深井組長は答えた。

「証拠はあるのか」

身を乗り出して乃美は訊いた。

「二条ホテルのロビーで三日前にも会ってるはずや。調べてみいや。それが専門やろ」

小馬鹿にしたように深井組長は言った。

「そうか……」

乾いた声で乃美は言った。

「きちっと落とし前つけろよ。せやないとわしの身が危なくなる」

深井組長はまじめな顔で言った。

しばらく乃美は黙ってぼう然と腕組みをしていた。

「おい、このじじいを下まで送ってけ」

乃美は低い声で命じた。

若い刑事は黙って取調室のドアを開けた。

彼もまた心ここにあらずというような顔をしていた。

「はばかりさん」

深井組長は椅子から立ち上がると、後ろも見ずに部屋を出ていった。

乃美は椅子に座ったまま、ボーッとしていた。

「戻りましょう」

稗貫がささやいた。

真冬たち三人はそっと面通し室を出た。

「すごいことを聞いたわね」

自席に戻った智花は、上気した顔で真冬と稗貫を見た。

「とにかく裏をとりたいですね」

気負い込んだ調子で稗貫は言った。

「わたしが竹内に会いにいって、直接、話を聞きます」

毅然《きぜん》とした態度で智花は言った。

「それは……」

稗貫はとまどいの顔を見せた。

「揺さぶりを掛けるのです。それで竹内が動けばしめたものです」

興奮気味に智花は言った。

「わたしも一緒に行きたいです」

真冬は拳に力を込めた。

「朝倉さんのことも含めて課長の許可をもらってきます」

智花は自席を離れて課長席に向かった。

しばらくすると、智花はにこやかな顔で戻ってきた。

「課長は了解してくれました。ただ、あくまでも参考人聴取なのだから、被疑者扱いするような態度は絶対にとるなと釘《くぎ》を刺されました」

明るい声で智花は言った。

「よくOKが出ましたね」

稗貫が感心の声を出した。

「捜四が動く前に、捜二が竹内に迫りたいと課長は考えているようです。朝倉さんについても許可をもらいました。やはり明智審議官のご推薦が効いているようです。ただ、朝倉さんは捜査二課員として同行して頂く形になります」

智花は真冬の顔を見て微笑んだ。

「了解しました。わたし、いまから捜査二課の新米です」

真冬はおどけて答えた。

「では、クルマの手配をしてきます」

稗貫は早足で部屋を出ていった。

竹内秀三こそが黒幕なのか。真冬の鼓動は高鳴っていた。

5

府警本部を出た真冬たちを乗せた覆面パトカーは、京都盆地をひたすら西へ走っていた。

運転するのは高原、助手席には稗貫が乗っていた。

秋月は、多田の鑑取りに出向いていて留守だった。

真冬と智花は後部座席に座っている。

竹内秀三は左京区下鴨塚本町《しもがもつかもとちょう》の広壮な邸宅が自宅だ。

だが、智花がアポイントメントを取ると、午前一一時に右京区の北嵯峨にある別邸に来てくれと言われた。

覆面パトは府道二九号に入っていた。この道をずっと進めば、清涼寺《せいりょうじ》（嵯峨釈迦《しゃか》堂《どう》）に着き、その先には嵯峨野のたくさんの寺社が点在する地域となる。

道路は比較的空《す》いていて順調に流れている。

真冬は隣に座る智花に尋ねた。

「竹内秀三とはどういう人物なのですか。京都財界の有力者と聞きましたが」

「洛都産業の代表取締役会長で、五二歳の不動産事業者です」

智花はさらっと答えた。

「そんなに有名な人なんですか」

真冬の問いに智花はあいまいに笑って口を開いた。

「オムロン三代目の故立石義雄《たていしよしお》氏や京セラ創業者の稲盛和夫《いなもりかずお》氏のような大物ではありません。また、そのような日本を代表するメーカーの総帥でもないです。しかし、たくさんの不動産や多くの京都企業の株を保有し、個人資産は莫大なものとされています」

「資産家なのですね」

「はい、下鴨の自宅は、RC三階建てのまるで低層マンションのような規模の和風住宅で、近所の人からは『竹内御殿』などと呼ばれているようです」

「竹内さんはどうしてそのような資産を築くことができたのですか」

「父親は烏丸《からすま》で金融業の会社を成功させたのですが、早くに亡くなりました。本人は一橋大学を卒業後、都市銀行に勤めていたサラリーマンだったのですが、父親から財産を相続すると不動産業を始めました。京都市の郊外で比較的交通の便がよいところに富裕層向けの高級マンションを開発し、ものすごい売上げを得たそうです。それから次々に高級マンションや高級分譲住宅を開発して会社をどんどん成長させていきました。竹内氏の成功の秘訣は、一流の建築デザイナーを次々に起用したこと。ジャクジーや温水プール、テニスコートなどの附帯施設を豪華に設えて、富裕層の購買意欲をそそったことにあるようです」

「とくだん捜査二課が監視の対象としているような人物ではないのですね」

「開発に関する黒い噂は届いています。ですが、あくまでも噂レベルなので捜査に着手してはいません」

智花は首を横に振って言葉を継いだ。

「また京都在住の相場師の一人としても知られていますが、金融商品取引法違反の事実は把握できていないです」

「叩けばホコリの出そうな人物ですね」

「いまのところは違法な行為は確認できていません」

あいまいな顔つきで智花は口をつぐんだ。

証拠がない以上、無責任な発言はできないということだろう。

「城崎で殺された横地吉也とのつながりはないんですか」

「いまのところ横地とのつながりについてはなにも摑んではいません。間接的ですが、深井組長の発言が初めてと言えます」

智花は気難しげに口をつぐんだ。

右手の車窓に薄緑色に光る大きな池が現れた。

観月の名所として有名な広沢池《ひろさわのいけ》だ。

「わたし、広沢池って初めて来るんですよ」

真冬は明るい声で言った。

智花の深刻そうな表情をほぐしたかった。

「意外です。四年間、京都に住んでいらしたんでしょ」

　智花は小首を傾げた。

「そうなんですけど、クルマもバイクもなかったんで、北嵯峨には足を踏み入れたことがなくて」

　真冬は頭を掻《か》いた。

「どこに住んでたんですか」

にこやかに智花が訊いた。

「叡山電車の一乗寺駅の近くです」

「大学の近くですか。たしかにこのあたりは少し遠いですね」

「自転車は持ってたんですけど、嵯峨野や嵐山などの西京地区は遠いですよね。とくに北嵯峨はあんまり見るところもないし……」

　四年間でバイトも忙しかった真冬は、あまりあちこちに出歩けなかった。

　大学の近くだけでも百萬遍知恩寺《ひゃくまんべんちおんじ》や南禅寺《なんぜんじ》や平安神宮《へいあんじんぐう》、ちょっと遠いが清水寺《きよみずでら》もある。このあたりの有名寺社だって金沢出身の真冬にはとても珍しかった。

　とくに南禅寺近くの蹴上《けあげ》インクラインが大好きになって、春の桜、初夏の新緑、秋の紅葉と年に何回も自転車を走らせていた。

明治二四年に琵琶湖疏水による舟運ルートの一部として傾斜鉄道が作られた。昭和二三年まで使われていたが、現在は産業遺産の国史跡、蹴上インクラインとして桜並木の名所となっている。

広斜面に当時の線路が残る不思議な風景は、真冬の心の奥底にある琴線に触れていた。

「そうねぇ、大覚寺《だいかくじ》くらいしか見どころないですもんね。あとは陵墓《りょうぼ》がいくつもあるけど……本当は京都の田舎らしいいい景色が多いんですよ。雰囲気のある民家がたくさんあって。そりゃ、嵯峨鳥居本《とりいもと》の伝統的建造物群保存地区のようなわけにはいかないけど」

「その地区も行ってないって言うか、あだしの念仏寺《ねんぶつじ》に行ったときには素通りしちゃってるんですよ。もっといろんなところに出かけときゃよかったって後悔しています。広沢池にも月を見に来ればよかったな」

じっさい、警察官となってからは忙しくて京都見物などできはしない。

京都に住んでいたときには時間もあったのに、思い返せばもったいない四年間だったかもしれない。

「あれにける宿とて月はかはらねどむかしの影は猶《なお》ぞ床《ゆか》しき」

節回しをつけて稗貫が歌った。

「へぇ、稗貫さんは和歌に詳しいんですか」

意外に思って、真冬は訊いた。

「いや、ちいとも詳しくないですが、有名な歌ですから」

稗貫は照れて早口で答えた。

「平忠度《たいらのただのり》の歌ですね。清盛《きよもり》の異母弟で歌人として有名ですよね」

「そうです。そうです。一ノ谷《いちのたに》で討ち死にした武将ですが、その死は味方からはもちろん、敵の源氏からも惜《お》しまれたと言われています」

嬉しそうに稗貫は答えた。

「どんな意味の歌なんですか」

国家公務員総合職試験では和歌も出題されることがあるが、真冬はあまり自信がなかった。

「この歌は『荒れたとは言え月の姿は変わらないが、昔の月影はやっぱり心惹かれるものがあった』ていうような意味ですな。世阿弥《ぜあみ》は平忠度を主役とした二番目の能『忠度』を作っています」

稗貫は能にも関心があるらしい。

顔はいかついが、さすがに京都府警の刑事だ。

そうだった。『忠度』という能は映像で見たことがある。後シテが演ずる平忠度の霊が和歌への執心を語り花の蔭に消えてゆく話だった。

そんな話をしているうちにクルマは広沢池を通り過ぎ、見渡す限りの青田の道を北へ進んだ。

やがてクルマは雑木林のなかへとはいり、さらに細い道に分かれた。

細い道路の両側はずっと竹林が続く。

嵯峨で竹林と言えば、トロッコ嵐山駅近くの「嵐山竹林の小径《こみち》」が有名だが、ずっと規模が大きそうだ。ただし、あちらのように整然と整備はされていない。

「このあたりは陵墓が多いです。宮内庁管理地だらけなんで家が建っていません」

案内のつもりなのか、稗貫がぽつりと言った。

竹林のなかで道が分かれて、さらに細い道に入った。

杉の大木が現れたり、小さな流れの横を通ったりする。

ちいさな祠《ほこら》や石仏のなかを進んでいると、時間がずっとむかしへ戻っていくような気がしてくる。

いきなりクルマが停まった。

「ここです」

ずっと無言だった高原が言葉を発した。

目の前に頑丈そうな黒い鉄の門が現れた。

流れ沿いの道に入ってから、ほかに道はなくずっと一本道だった。

となると、いままでの道は竹内別邸の私道だったのか……。

数百メートルはあっただろう。

高原はクルマを下りて門のところにあるインターフォンに向かって声を発した。

「京都府警です。一一時に伺うお約束をしています」

「お待ちください」

若い女性の声が返ってきたと思うや、門扉が両側に音もなく開いた。

面パトは竹内別邸に入っていった。

背後で門扉が静かに閉まった。

五〇メートルほど進むと、赤松林のなかに豪奢《ごうしゃ》な数寄屋造りの二階屋が現れた。

はっきりしたことはわからないが、数十年は経った建築物のように見える。

もとは西陣の織元《おりもと》細井《ほそい》邦三郎《くにさぶろう》氏の別邸だったという、京都ホテルオークラ別邸の粟《あわ》田山荘《たさんそう》を思わせる。

東山の雅やかな料亭に似た優雅なたたずまいに真冬は見惚れた。

面パトは砂利敷きの駐車場に入っていった。

五台ほど駐車できそうだが、ほかに駐まっているクルマはない。

おそらくは来客用の駐車場なのだろう。

クルマを駐めると、高原はさっと下りて後部座席にまわった。

「では、いってらっしゃいませ」

ドアを開けてから高原は深々と頭を下げた。

「念のため、わたしもお供いたします」

助手席から下りた稗貫が静かに言った。

「お願いします。稗貫がいてくれれば心強いです」

難しい顔をしていた智花は、いくらか明るい声で言った。

キャメル色の薄いドキュメントケースを小脇に抱えて智花は先に立って歩き始めた。

駐車場からは繁る庭木が目隠しとなって建物の一階は見えない。

屋根はどっしりとした瓦葺きで唐破風《からはふ》らしき造りになっている。

二階の格天井《ごうてんじょう》や瀟洒《しょうしゃ》な桃山風デザインの照明器具が光っている。

建物全体は部屋数一〇ほどの日本旅館くらいの大きさだが、大変に優雅な雰囲気を持っている。

文人墨客の別荘風とでもたとえるのがふさわしいか。

駐車場の横から石の階段が数段続いており、冠木門《かぶきもん》が設けられていた。

石段の横の植え込みにはオペラ色に輝くサツキの花がいっぱいに花開いていた。

開かれた門扉の横に若い女性が立っていた。

真冬たちは足早に石段を上った。

「いらっしゃいませ、警察の方ですよね」

真冬と同じくらいの歳《とし》で、薄いブルーグレーのスーツを着ている痩身の女性だ。

卵形の色白の顔を持つ知的な雰囲気で清潔感が漂う。

「はい、捜査二課の湯本と申します」

智花ははっきりとした声で名乗った。

女性はいくらかとまどった顔を見せて真冬たち三人を見比べた。

ベテランの稗貫がいながら、智花だけが名乗ることが不思議だったようだ。

「失礼しました。わたくし、竹内の第二秘書をしております瀬上麻奈美《せのうえまなみ》と申します」

気を取り直したように麻奈美は挨拶をした。

「わざわざお待ち頂いて恐縮です」

智花は品ある雰囲気で礼を述べた。

「会長は応接室でお待ちしております。こちらへどうぞ」

麻奈美は先に立って歩き始めた。

冠木門を入ると、庭にはきれいに手入れされた青苔《せいたい》に立つ石灯籠《いしどうろう》や、ちいさな石仏が見られる。

つくばいが置かれて、そばには薄桃色の遅咲きのボケが華やかな彩りを見せていた。

驚いたのは、木樋《きどい》からとうとうと清冽《せいれつ》な水が流れ落ちて小さな流れとなって庭の隅に消えていることだった。

「別邸は明治後期にある生糸商が洛中に建てたものを、昭和初期にこの場所に移築しました。会長は一〇年ほど前に購入いたしました。建物も庭も外構えも古いので維持管理が大変なんですよ」

麻奈美は明るい声で笑った。

玄関も格天井が見られる桃山風の雰囲気を持つが、床に古い絵タイルが敷かれるなど和洋折衷の雰囲気を持っていた。

どこかに似ていると思ったら、京大の東京在住の友人たちとで開いた同窓会で一度だけ泊まったことのある、箱根の宮の下の富士屋ホテルだ。

具体的に似ている場所があるというわけではないのだが、雰囲気に通ずるものがある。

玄関で真冬たちはスリッパに履き替えた。

磨き込まれた焦げ茶色の床が続く廊下を真冬たちはゆっくりと歩いた。

「こちらでございます」

麻奈美は洋風のドアをノックした。

「警察の方がお見えになりました」

「どうぞ」
室内からよく通る低めの声が聞こえた。

6

応接室に入ると、完全に洋風で、ソファには白いコットンのカバーが掛かっていた。
格子窓にはレースとゴブラン織りで白百合を描いたカーテンが掛かっている。
あえて非常に古典的なインテリアを保とうとしていることが伝わってくる。
柳染《やなぎぞめ》の薄手の和服で、ソファの向こうに座っている男が立ち上がった。
面長で色が白く唇が赤い。
ぱっと見はおとなしそうにも見えるが、目つきは鋭く油断がならない感じだ。
長めの髪には少しだけ白いものが交じり、五二歳という年齢相応だろうか。
真冬たちはソファを挟んで反対側に立った。
案内してくれた麻奈美は真冬たちの背後に立っている。
「京都府警の湯本智花と申します」

智花は頭を下げて名刺を差し出した。

真冬と稗貫も続けて名乗る。

竹内も自分のたもとから出した名刺ケースから一枚を引き抜いて智花に渡した。

「ほう、そのお若さで警視ですか」

名刺を覗き込んだ竹内はかるい驚きの声を上げた。

「捜査二課の課長補佐を務めております」

如才ない調子で智花は役職を告げた。

「ま、お掛けください」

対面のソファを掌で指し示すと、竹内はもとのソファに戻っていった。

麻奈美は竹内の後方の部屋の隅で立ち姿となった。

「あ、竹内会長お一人にお話を伺いたいのですが」

あわてたように智花は言った。

「下がりなさい」

竹内は傲然と命じた。

「失礼致します」

麻奈美は一礼してさっときびすを返すと、部屋を出ていった。

「今日はお時間を頂戴し恐縮です」

智花は恭敬な態度で頭を下げた。

「捜査二課というと、経済犯がご担当ですな。なんのご用でお見えですか。わたしは法に触れるような商売をしておりませんよ」

眉間にしわを寄せて竹内は訊いた。

「洛都産業を捜査しているわけではありません」

智花はきっぱりと言い切った。

ウソをついているわけではないから、智花の態度は実に堂々としている。

「それなら安心ですな」

ほっとしたように竹内はあごを引いた。

「会長に伺いたいことがあって参りました」

静かに智花は続けた。

「ほう、わたしに何が訊きたいのですか」

竹内は身を乗り出した。

「実はわたしたちは、ある詐欺事件を追っていまして、その関係者と思われる人物をご存じかどうか伺いたいのです」

「なんという人物ですか」

「横地吉也という四九歳の経営コンサルタントです。株式会社ヨコチ・プランニング代表取締役社長で下京区朱雀堂ノ口町が住所です」

竹内の目を見つめながら、智花は言った。

智花が横地の方向から攻めるとは意外だった。

「もう一回名前を言ってください」

竹内の顔色は少しも変わらなかった。

「横地吉也です」

はっきりとした発声で智花は繰り返した。

「さぁ知りませんなぁ」

竹内は首を傾げながら、いささか大きな声を出して答えた。

「ご存じないですか」

智花はがっかりしたような声を出した。

「ええ、名前を聞いたこともありません」

竹内はすんなりと答えた。

「この人物ですが……顔に見覚えはありませんか」

手もとのドキュメントケースから智花は一枚の写真を取り出した。

逮捕直前だったのだから、顔写真くらいは用意しているだろう。

竹内はカフェテーブルの上のメガネスタンドに置いてあった老眼鏡を掛けて、横地の写真をまじまじと見つめた。

「こんな男はいままでに会った覚えはないですよ」

素っ気ない声で竹内は答えた。

竹内は写真を智花に返した。

「では横地氏とは仕事の取引もないのですね」

智花は問いを重ねた。

「あなたもくどいお人やなぁ。顔も知らん人と取引できるわけないやろ」

竹内はあきれ声を出した。

「失礼しました。念のために伺いました」

意外にあっさりと智花は旗を巻いた。

すべてが作られた竹内の表情のような気がする。

そもそもこの人物は自分の感情を覆い隠すことに長《た》けているのではないか。

根拠なく真冬はそんな印象を受けた。

あくまで智花は「揺さぶりを掛ける」ことが目的だと言っていた。

今日、この場で竹内から決定的な自供を引き出すつもりはないのだろう。

「では、続いてもう一人の人物を確認して頂けませんでしょうか」

智花は恭敬な態度で頼んだ。

「なんですか、また経営コンサルタントですか」

うんざりしたように竹内は唇を突き出した。

「いえ、いわゆる反社の人間です」

智花はさらっと言ったが、竹内は見る見る不機嫌な顔つきになった。

たしかに京都財界の有力者に対して失礼な質問には違いない。

しかし失礼を恐れていては、警察官は務まらない。

「失礼な。わたしはそういった連中とはいっさい関わりがない」

竹内は気色ばんだ。

「いちおう確認だけさせてください」

智花はまたも下手に出て頼んだ。

「なんという男ですか」

素っ気なく竹内は訊いた。

「多田春人と言います。三六歳の暴力団組員です」

ゆっくりと智花は多田の名前を口にした。

「ヤクザの名前など聞いたことがありませんよ。その男の名前も初めて聞きました」

竹内はなめらかな調子で答えた。

「そうですか」

智花は静かな表情のまま答えた。

「なんでわたしにヤクザの名前などを尋ねるのか、わけがわかりませんな」

竹内は皮肉っぽい声で言った。

「わかりました。では、この写真の男に見覚えはありませんか」

智花は多田春人の写真を竹内に見せた。

前科照会の資料からコピーしてきたものだ。

遺体の写真を見せるわけにはいかない。

「悪い顔してますね」

吐き捨てるように竹内は言った。

「ご存じないですか」

智花の問いに竹内ははっきりとあごを引いた。

「もちろんですよ」

「ゆっくり見てください。少し前の写真なので髪型などは違うかもしれません」

念を押すように智花は問いを重ねた。

「いや、こんな男は知りません」

はっきりと竹内は首を横に振った。

「失礼ですが、わたしたちにウソや隠しごとはなさらないほうがよろしいかと思います」

静かに諭すように智花は言った。

目ヂカラが強く、静かな口調ながらなかなか迫力がある。

「なんですって！」

竹内は大声で叫んだ。

「この写真の多田春人と、会長が中京区の二条ホテルのロビーで会っているところを目撃している人がいます」

智花は静かに決定的なことを告げた。

「誰です。そんな嘘八百を言うのは」

眉を吊り上げて、竹内は声を震わせた。

「真実であることはまもなくはっきりします。捜査員が二条ホテルに向かっています。ホテルの従業員への聞き込みも行いますし、ホテルの防犯カメラのデータも入手するはずです。そうなれば会長が多田と会っていたことは証明できます」

理詰めで智花は竹内に引導を渡した。

当然ながら捜査員は二条ホテルへも向かっている。

竹内はしばらく天井に視線を置いたまま黙っていた。

「負けたわ」

ぼそっと竹内はつぶやいた。

「多田春人とお会いになったのですね」

少しだけ声を高めて智花は訊いた。

「やっぱり警察はただでは来ないね」

半分開き直ったように竹内はのどの奥で笑った。

「会っていたことを認めるのですね」

智花はしつこく確認した。

「ああ、認める。しかしわたしは多田春人などという男は知らない」

唇を歪《ゆが》めて竹内は答えた。

「多田とお会いになったと言っていましたよね」

声の調子を強めて、智花は訊いた。

「本人は多賀清《たがきよし》と名乗っていた。もちろん組関係などとは知らなかった。知っていたら、会ったりしないよ。いろいろと禍根《かこん》を残すことになる」

竹内は顔をしかめた。

「多田となんのために会ったのですか」

厳しい口調で智花は訊いた。

「不動産ブローカーと名乗って、山科《やましな》区のある倉庫跡地を仲介したいって言ってきたんだよ」

あっさりと竹内は答えた。

不動産ブローカーとは宅地建物取引士の免許を持たずに、不動産売買の仲介を行う者を言う。仲介料で生きているわけだが、契約の当事者となれば違法となってしまう。そこで、不動産会社や顧客に物件情報を紹介するだけに留めている。仲介のみならば違法性がないことは、経済産業省も認めている。

ただ、一発当てれば大きな収入が転がり込んでくるだけに、違法な取引をする怪しげな不動産ブローカーも少なくはない。なかには詐欺師も交じり込んでくる。

「つまり土地取引ですか」

智花は念を押した。

「そうだ、詳しいことは言いたくないが、小型の圧延《あつえん》機械などを扱うある専門商社の倉庫でね。その商社が昨年暮れに倒産して差し押さえた債権者が売却したいという意向だと言うんだ」

よどみなく竹内は説明した。

海千山千の業者も大勢いる不動産業界で生き抜いてきたのだから、素直に自分を出すような男ではないだろう。

真冬にはこの不動産取引の話が真実なのか、口からでまかせなのかを判断できなかった。

「どのくらいの規模の土地なんですか」

つい真冬も質問をしてしまった。

竹内はあらためて真冬の顔を見た。

「面積は一〇〇〇平米ほどだ。倉庫が建っていたわけだから宅地だ。しかも、準工業地域なんで高層マンションを建築することも可能だ。交通の便も比較的よい。わたしとしては乗ってもいい話だと思っていた。だが、組関係が絡んでいるとなると多田とはいっさい取引できない。あらためて地権者と交渉を始めようかと思っている」

まじめそのものの顔で竹内は答えた。

「なるほど」

真冬はうなずいた。

かなり具体的な話だ。この話は本当なのだろうか。

「その取引を知っている方は会長のまわりにいますか」

智花も同じ思いを抱いたようだ。

「いや、ほかの者は知らない。だから多田が持ってきた情報に価値があったんだ」

竹内は首を横に振った。

「では、いまのお話を確認する方法はありませんか」

いくらかつよい調子で智花は訊いた。

「いわゆる、裏をとるというのかね……」

竹内は苦笑いを浮かべた。

「はい、わたしたちの仕事ですから」

智花はまじめな顔で言った。

「仕方がないなぁ……。目的の土地の住所と地権者……これは圧延機メーカーだがね。その名前を後で捜査二課に送っておくよ」

あきらめたように竹内は言った。

この情報を開示するということは、少なくとも不動産取引の話は事実だ。

また、竹内は多田殺しには関与していない公算が大きい。

「よろしくお願いします」

智花は頭を下げた。

「ただ、多田のことは伏せといてくれよ。ヤクザなんて聞いたら地権者がビビってこの話は終わりだ。うまい具合に聞いてくれ」

「多田の名前は出しません。警察とも名乗らずに訊く方法はありますから」

「頼んだよ。わたしはまだあの土地に未練があるんだ」

竹内は眉根を寄せた。

「承知しました」

智花はにこやかに答えた。

「どうでもいいことかもしれませんが、見かけから多田は反社のようには見えませんでしたか」

不思議に思って真冬は訊いた。

「ひと目でヤクザとわかるような恰好で来る人間と商談を始める者はいない。高価なスーツなどは着ていたが、ぱっと見はヤクザとは見えなかったよ。経済ヤクザでそれらしい恰好している者はいない。逆に不動産ブローカーなんぞの個人事業主で信用第一の商売をしている連中は見かけが大事だ。クルマも高級車を乗り回している。君ね、数億にも及ぶ不動産取引の仲介をする者が軽自動車でやって来たらどう思う？　クルマから下りてきたそいつが、スーツショップで吊されているような服を着ていて、量販店で売ってる靴を履いていたらどうだ？　そんな男を誰も信用しないだろう。金に困っていることが見え見えだ。だから、信用第一の商売をしている者は恰好に気を遣わなきゃいけない。ヤクザは高価な服を着ているが、あれも商売道具で貧乏なヤクザは押しが利かないからだ。我々にとってのファッションは仕事のためのものなんだ。それぞれのユニフォームみたいなもんだよ」

したり顔で竹内は答えた。

「よくわかりました」

真冬はまたひとつ勉強になったと思った。

こうして現場にいると、霞が関では予想もつかなかったことが学べる。

明智審議官が真冬を地方特別調査官の職に就けたのも、こうした勉強を重ねていってほしいからだったということがあらためて感じられた。

霞が関にはある範囲内の人間しかいないし、話される言葉も一定の範囲を保っている。

智花が積極的に現場に出ようとするのも、警察官僚としての学びの場を得ようとしているのだろう。

智花の凜々しい横顔を見ながら、あらためて真冬は感じ入った。

7

「で、多田がなにかやらかしたのかね」

竹内はなにげなく訊いた。

「殺されました」

智花は静かに告げた。

「ほ、本当なのか」

竹内は身体を反らした。

真冬はじっと竹内の顔を観察した。

全身が小刻みに震えている。

この驚きはウソではないと感じた。

「はい、いずれ名前も報道されることと思います」

いまのところ、遺族等の確認が取れていないし、嵐山の遺体が多田春人であること
は報道されていなかった。

真冬や智花たちは、乃美の情報で動いているに過ぎない。

「そうか……嵐山の桂川で遺体が流れ着いたことはテレビで見たが、まさかあれが多
賀……いや、多田だったとは」

嘆くような声で竹内は言った。

「ところで、多田との間をつないだ人物はいるのですか」

智花は新たな質問をした。

「いや、多田から電話で売り込みがあったんだよ。それで会ってみると、過去に京都
市内でずいぶん多くの取引を仲介している。裏はこれから取るつもりだったが、まず
は取引相手と考えてよいと判断した。とんだ眼鏡違いだった」

竹内は眉を八の字にして嘆いた。

「ほかに多田について、なにか思い出すことはありませんか」

智花は問いを重ねた。

「いや、とくには……ああ、そうだ。この取引を終えたら、しばらく休暇をとるとか言っていたな」

思い出したように竹内は言った。

「どういうことでしょうか」

智花は首を傾げた。

「さぁ、詳しいことはわからんよ。本気で言ったのかどうかもわたしは知らん」

素っ気なく竹内は答えた。

あるいは多田は身を隠すつもりだったのだろうか。

「ところで、竹内会長にお知らせしておきたいことがあります」

あらたまった顔で智花は言った。

「なんだ？」

竹内は眉をひそめた。

「殺人事件の関係者となりますので、今後も捜査一課など別の捜査員がお訪ねすることになると思います」

智花の言うことは事実だろう。

殺された多田春人と最近何度か会っていた竹内に、捜査一課が聞き込みに来ないはずはない。

また、多田が暴力団員である以上は、捜査四課がきっと訪ねてくるはずだ。

それ以上に、智花は自分たち捜査二課がまた訪れることを予告しているのかもしれない。

今日は、揺さぶりだ。竹内にはまだまだ訊かなければならないことがたくさんあるはずだ。

「いやいや、厄介な話になってきたな。わたしは商談をしただけなんだ」

竹内はまじめに弱り顔になった。

「お気持ちはわかりますが、被害者である多田春人と最近お会いになっているわけですから、どうぞご協力ください」

智花は丁重に頼んだ。

「わかったよ。警察に協力するのは市民の義務だからね」

皮肉っぽい口調で竹内はうなずいた。

智花が稗貫の顔を見た。
追加の質問はないかと言う意味だ。
稗貫は黙って静かにうなずいた。
「では、わたしたちはこれで失礼します」
智花はソファから腰を上げた。
真冬と稗貫も一緒に立ち上がった。
「どれ、門まで送っていこう」
明るい声で、竹内も立った。
真冬は耳を疑った。
竹内がそんなことをするとは思っていなかった。
想像するに、少しでも警察の心証をよくしておきたいのだろう。
今後も京都府警は竹内に目をつけることになる。
そのことを竹内自身がじゅうぶんに承知しているのだろう。
応接室を出ると、どこからか麻奈美が歩み寄ってきて頭を下げた。
庭へ出た真冬たちと竹内とは冠木門に向かってゆっくり歩き始めた。

最後に麻奈美がついてきた。

考えてみれば、この別邸は竹内という男に似つかわしくない。

なんというか、竹内は現実のど真ん中を生きている男だ。

こうした浮世離れした別邸や雅やかな庭とはほど遠い。

本人はもっと脂っこいイメージが強い。

あるいはこうした邸宅の主《あるじ》というのは、むかしから竹内のような人間が多かったのだろうか。

実業界で財を成すには、与謝蕪村《よさぶそん》や池大雅《いけのたいが》のように脱俗した人間であるはずもない。

竹内は冠木門のところまで送ってきた。

「本日はありがとうございました」

智花が礼を言って低頭したので、真冬と稗貫もこれに倣《なら》った。

「まぁ、君らだからガマンできたけどね」

竹内は真冬との顔を交互に見ながら、ニヤリと笑った。

「は？」

智花は奇妙な顔を見せた。

「うら若き女性。しかもあなた方のような魅力的な刑事さんの質問だから、無礼で退屈な時間に耐えられたよ。そっちの男が質問者だったら、とっくに追い返してたね」

竹内はヘラヘラと笑った。

無礼で辛らつな言葉である上に、セクハラ発言でもある。

こんな嫌味を気にしていては捜査員は務まるまい。

智花も稗貫も無表情のままで、答えを返さない。

しばし沈黙が漂った。

そのときである。

「ビシッ」

異様な炸裂音が響いた。

「危ないっ」

稗貫が叫んで、竹内を突き飛ばした。

「うわわっ」

竹内の身体は一メートルほど先で転がった。

バタバタと手足をもがかせている。

「ビシッ」

またも炸裂音が響いた。

間違いない。銃声だ。

狙われているのは竹内なのか。

「門の蔭に隠れろっ」

稗貫が声を張り上げた。

その声に釣られるように、真冬たちは冠木門の内側に逃れた。

しばらくの間真冬たちは身を潜めて次の襲撃に備えた。

苦しい時間が続いた。

いつまた銃弾が飛んでくるかわからない。

どこかからシジュウカラの声が、この場にそぐわないのどかな鳴き声を響かせている。

「襲撃者はあきらめたようです」

あたりの気配を確かめながら、落ち着いた声で稗貫は言った。

「いったい、どういうことなんだ……」

かすれた声で竹内は言葉を失った。

「会長を狙ったようですね」

冷静な声で稗貫は答えた。

「なぜだ。なぜ、わたしが狙われなきゃならんのだっ」

竹内は悲痛な声で叫んだ。

「稗貫、すぐに一一〇番通報なさい」

智花は厳しい声で命じた。

「了解です」

稗貫はスーツのポケットからスマホを取り出した。

「事件です。発砲事件が発生しました。負傷者はいない模様。通報者のわたしは府警本部捜査二課の稗貫巡査部長です。現場は市内右京区北嵯峨山王町……」

稗貫のキビキビとした声が聞こえてくる。

常に冷静で、本当に優秀な刑事だと真冬は舌を巻いた。

「なにかあったんですか。銃声らしき音が聞こえたんですが」

高原が青い顔をして階段を駆け上がってきた。

「銃による襲撃事件がありました。あなたは怪しい人物を見ていませんか」

智花は高原の顔を見ながら静かに尋ねた。

「いえ、銃声らしき音を聞いてクルマから飛び出しましたが、怪しい人影は見ておりません」

高原氏はきまじめに答えた。

「そう……」

智花は気難しい顔で答えた。

「銃を使ったとなると、暴力団関係者である可能性が高いですね。かつてとは違ってここ数年、拳銃の押収件数は暴力団以外が圧倒的に増えてきています。しかし、実際に人に向けて発射した者はほとんど暴力団を中心とした反社の連中です。一般人は仮に拳銃を入手したとしてもそう簡単に撃つことはできないのです」

眉間にしわを寄せて稗貫が言った。

「どこから撃ったんでしょう？」

真冬は稗貫の顔を見て訊いた。

駐車場のある前庭の向こうはぐるっと竹林に囲まれている。

「仮に我々が使っている《シグ・ザウエルP230》程度の拳銃だとすると、有効射程距離は五〇メートルほどです」

稗貫は真冬の顔を見てゆっくりと言った。

「となると竹林のなか……」

真冬は低くうなった。

五〇メートルの射程距離で、高原に見つからない場所は竹林しかない。いまいる階段の上から竹林までは二〇メートルくらいの距離だろう。

「弾道検査をすればはっきりしますが、おそらくは竹林からでしょう。ただ、人間が入れる場所があるのか」

稗貫の疑問に、竹内が反応した。

「ああ、あの竹林には人が歩ける道が通っている……」

低い声で竹内は言った。

「とすれば、まず間違いないでしょう。鑑識作業は発射された弾丸の発見と竹林のなかの細道に集中すべきですね。弾が見つかりゃ線条痕検査で、今回使われた拳銃も判明する場合もありますからね。そうすれば、どんな連中が襲ったかもある程度つかめるかもしれない」

いくらか明るい声で稗貫は言った。

「わたしはなぜ、生命を狙われなければならないんだっ」

いきなり竹内は大声で叫んだ。

それは竹内自身が知っているはずだ。

真冬たちは答えようがなかった。

「警護の人間をつけてくれ」

竹内は智花に激しい声で言った。

「一時的に警備課から人を出してもらいます。ですが、襲撃を完全に防ぐためには相当人数が必要です。そこまでの人数を手配できません」

智花はとまどいの顔を見せた。

襲われた人間を守り切るほどの人員はどこの警察にも配置されてはいない。

「じゃあ、わたしが殺されてもいいというのか」

噛みつきそうな顔で竹内は詰め寄った。

「右京署にパトロールを強化させて、お宅のまわりを毎日巡回させます。また、下鴨のお宅なら下鴨署の者を巡回させます。どちらかにいて頂けると助かります。本宅と別宅の両方を警戒するのは無理です」

智花は平らかな声で言った。

順当な措置だとは思うが、竹内が納得するはずはなかった。

「そんなもんで、わたしの生命が守れるというのか。SPをつけてくれ。SPをっ」

竹内はがなり立てた。

「いわゆるSPは警視庁警備部警護課の警察官です。京都府警にはおりません。また、SPをつけることのできる対象者も決まっていて、内閣総理大臣、国務大臣、外国要人、東京都知事、あるいは政党要人となっています」

SPについては誤解が多い。

彼らはたしかに優秀な警護官だが、その人数は限られている。

「わたしは殺され掛けたんだぞ、パトロール程度でわたしの生命が守れると思っているのか」

つばを飛ばして竹内は訴えた。

「できるだけ早く犯人を確保します」

静かに智花は答えた。

「なんでもいい。わたしを守ってくれ。もう一度狙われたら、あんたの責任だぞ」

竹内は聞き分けのない子どものようだった。

その気持ちはわからなくはないが、無茶な話だ。

「一時的に竹内さんをわたしたちが保護します。それではいかがでしょう」

智花は静かに言った。

「警察に行くと言うことか」

ぼんやりと竹内は尋ねた。

「はい、警察内なら絶対に安全です。手狭ですが宿泊できる部屋は確保できると思います」

智花はなだめるように言葉を重ねた。

府警本部には、外来者が宿泊できる施設があるのだろうか。

あるいは近隣警察署の保護室を使うつもりか。

保護室は泥酔者や自傷他傷のおそれのある者を保護するための施設で、各警察署に設けられている。

連れていけば、また、竹内は騒ぎ出すだろう。

被疑者を留置する留置場とそう変わらない雰囲気だからだ。

扉は内部からは開かない設計で、その意味では閉じ込められることになる。

しかし保護室はないだろう。「酒に酔って公衆に迷惑をかける行為の防止等に関する法律」による泥酔者保護のための施設なので、使用目的から逸脱している。

「わかった。今日は仕事は休もう。生命には替えられない。わたしが府警にいる間に犯人を逮捕してくれ」

またも無茶な発言だ。

「発砲犯の逮捕にどれくらいの時間が掛かるかはお約束できません」

智花はピシャッと言った。

「できるだけ急ぐんだっ」

竹内は上司のようにがなった。

ワンマン社長そのものの無茶な発言だった。

智花は答えを返さなかった。

「わたくしもお供いたします」

麻奈美がおずおずと申し出た。

「瀬上さんは宿泊できませんよ」

あっさりと智花は答えた。

「会長のお着替えなどをお持ちしたいんです。お許しください」

智花の顔を見ながら麻奈美は頼んだ。

「それはかまいませんが、クルマの定員が五名なのです」

とまどいの顔で智花は答えた。

「誰かに送らせる。どこへ行けばいい」

不機嫌そうな声で竹内が訊いた。

「京都府警本部の捜査二課までお越しください」

智花は竹内ではなく、麻奈美に向かって言った。

「承知致しました」

麻奈美は静かに頭を下げた。

風に乗ってパトカーのサイレンが響いてきた。

第三章　竹林の敵

1

真冬たちは捜査二課に戻ってきた。
まずは明智審議官に電話を入れなくてはならない。
竹内秀三という男が浮かび上がったことと狙撃されたことを伝えるべきだ。
今日一日のできごとなので、ずっと連絡を入れていなかった。
「なにかあったか」
ほとんど抑揚のないいつもの声が響いた。
「はい、今回の詐欺事件とどこまで関わりのある人物かはっきりしないのですが……」

　真冬は客分として多田がワラジを脱いでいたという深井組の組長から竹内秀三の名前が出てきたこと、智花たちと訪ねたら狙撃されたがぶじだったことなどを伝えた。

「洛都産業の竹内秀三か……記憶にある名前だ」

「本当ですか」

「ああ、そいつはいろいろな人間と関わっているはずだ」

「しかし、多田春人と会っていた理由という不動産取引は事実らしいのです。だから多田に横地殺しを依頼したわけではないと思います」

「そうだとしても、横地の事件と関係があるから銃撃されたのではないか。竹内が横地とつながりがある可能性はある……わたしのほうで調べてみる。このまま竹内を追ってくれ」

　電話は切れた。

　竹内秀三銃撃事件の参考人聴取は捜査一課が行うことになった。竹内の聴取が終わると身柄は仮眠室に収めることが決まった。その後、竹内の周辺事情を調べているうちに夕方になっていた。

昼食は残念ながら、作業中にコンビニのおにぎりですませた。

「竹内秀三が狙われたんですって」

ついさっき、戻ってきた秋月の声が響いた。

「そう、いま右京署の刑事課と捜一が現場に行っています」

智花はさらっと答えた。

「竹内の話は乃美から聞きましたよ。深井組長が漏らしたらしいですね。湯本補佐がお出かけになるのなら、わたしがお供しましたのに」

秋月は不満そうに口を尖らせた。

「あ、ごめんね。秋月さんは多田の鑑取りにまわってたでしょ。邪魔しちゃ悪いと思って連絡しなかったのよ。わたしと稗貫でじゅうぶんだったし、朝倉さんもついてきてくださったから」

智花はやさしい声で言い訳した。

「わたしは四課の連中がたらたらしているんで、途中から別行動してました。嵐山周辺にいたんで、呼んで頂ければすぐに駆けつけられたんですよ」

悔しそうに秋月は口をつぐんだ。

捜査四課は長期にわたる監視活動などが多いので、機敏に動かないのかもしれない。

「そうね、今度は連絡します」

如才なく智花は答えた。

「ところで、竹内秀三を保護してるんですって？」

いささかとげとげしい秋月の声だった。

「本人が危険を感じて保護を求めてきたんで仕方なく……」

智花は言葉を濁した。

「竹内のヤツ、なにをワガママなことを言ってるんだ。拳銃で撃たれたってことは、相手はまずヤクザです。どうせロクなことしてないからヤクザに撃たれるんですよ。自業自得じゃないですか」

秋月は熱くなっている。

言うことは必ずしも間違っていない気がするが、ずいぶんと厳しい。

「そうかもしれないわね。はっきりしたことはまだ確認できないけど、竹内会長はマンション開発などのために地上げ屋を使っている。そのほかにもかなり強引な方法で開発を進めてきたらしい。なかには暴力団の息の掛かった連中もいる可能性は高いわね」

智花は秋月の気持ちがよくわかるようだ。

「そうでしょう。同じ穴のムジナって言うヤツじゃないですか。我々が保護することはないですよ」

歯を剝きだして、秋月は憤慨《ふんがい》した。

「でも、万が一、また襲撃されたら、今回の事件の有力な証人がいなくなる……」

悲しげ顔で智花は言った。

智花の気持ちがよくわかった。

とにかく竹内に死なれては、今後の捜査が立ちゆかなくなる。

「そうですよ。丹後半島詐欺事件と指月伏見城詐欺事件の元締めの横地吉也が殺された。口を封じた実行犯は暴力団員の多田春人だった。しかし、多田春人も我々が目をつけた途端に何者かに口を封じられた。さらに、竹内さんは多田と関わりが深いとわかってわたしたちが訪ねた途端に襲撃されたんです。どう考えても、すべての犯行はつながっていると思えてならないのですよ。とすれば、竹内さんは大事な証人である可能性が高いです。失うわけにはいきません」

真冬が強い口調で言うと、隣で智花があごを引いた。

「朝倉警視、そこまでおっしゃいますか」

秋月は目を瞬《しばたた》いた。

「わたしも竹内会長を保護なんてしたくはないのだけれど」

智花はしょげたような声を出した。

「すみません。少し熱くなりすぎました」

秋月は頭を下げた。

たしかにいつになく感情的な秋月を見た気がした。

それだけ不法者を憎む気持ちが強いのだろう。

真冬は少し胸が熱くなった。

「まぁ、そのうち帰りたくなりますよ。あんな豪華な家に住んでいて、夜は祇園《ぎおん》で大騒ぎしているようなクチでしょ。うちの仮眠室なんか耐えられなくなりますよ。府警には舞妓はんや芸妓はんはおりませんよって」

稗貫が冗談を口にしたので、その場の空気がなごんだ。

「起訴後勾留している矢野国雄は、多田や竹内についてはなにか知らないんですかね」

　秋月は矢野に話題を変えた。

「さっき稗貫たちが京都拘置所に行って事情聴取してきました」

　智花は自席に座っていた稗貫に視線を移した。

「矢野はふたつの詐欺事件の末端なので、結局、元締めの横地吉也としか接触していませんね。あいつはなんにも知りませんね。殺人で起訴されてるんだから、いまさら、隠しごとはしないでしょうね」

　稗貫は低い声で笑った。

　そのとき、高原が駆け込んできた。

「竹内襲撃の鑑識結果が出ています」

　高原はファイルを開いた。

　その場の全員が高原に注目した。

「右京署の鑑識係が頑張りました。二発の銃弾を見つけ出しまして……それが《.32 ACP弾》の七・六五ミリ弾だそうです」

　高原ははっきりとした口調で言った。

「え……《.32ACP弾》だって……」

稗貫が目を見開いた。

「どうかした？」

智花が不思議そうに訊いた。

「《シグ・ザウエルP230》に使用されている弾丸ですよ」

あえぐように稗貫は答えた。

「さっきの現場で稗貫さんはその拳銃の名前を口にしてましたね」

真冬の言葉に、稗貫は黙ってうなずいた。

「いや、刑事に貸与されていることが多いですからね。実はわたしたちも府警からP230を貸与されていますよ。使ったことはないですけれど」

稗貫はあいまいに笑った。

「えー。わたしのも？」

智花は驚きの声を上げた。

「湯本補佐にだって貸与されていますよ。ご存じなかったですか」

稗貫はからかうような声を出した。

「だって使ったことないもの」

智花は目をぱちくりとさせた。

警察官は拳銃を貸与されるが、刑事はふつうの職務で使う可能性がほとんどないので携帯していない。各所轄や本部の保管庫に収納されている。

「おいおい、襲撃犯は刑事じゃないだろうな」

秋月は笑いながら稗貫の肩をポンと叩いた。

「まさか……」

真冬にも信じられない話だった。

ちなみに真冬も拳銃を貸与された経験はあるが、もちろん使ったことはない。調査官になるまでのほとんどの期間を霞が関で過ごした真冬に、射撃の技術などあるはずもないのだ。

「だが、かつて西ヨーロッパ各国の警察拳銃はこの弾丸が一般的だったし、現在でも入手しやすい。警察で貸与されている拳銃で《.32ACP弾》を使用するものは《コルトM1903》、《ブローニングM1910》、《ワルサーPPK》と多岐《たき》にわたる。それに合衆国やカナダなどで俗に《サタデーナイトスペシャル》と呼ばれる安価で低品質な小型拳銃にも使われる。暴力団が持っている銃の弾丸であっても少しも不思議ではない。警察のはずがないだろう」

まじめな顔に戻って秋月は説明した。

「係長の言われるとおりです。発射された銃弾が《.32ACP弾》という事実だけから、警察官が犯人なんてことは導き出せませんよ」

稗貫は言葉に力を入れた。

「ゲソ痕も出ています。あの竹林のなかからです。竹内さんが言うとおりあの竹林には幅員《ふくいん》六〇センチ程度の徒歩路がありました。そこに残っていたゲソ痕ですが……被疑者はゴム製のオーバーシューズを履いていたようなんです」

高原はファイルを覗き込みながら説明した。

「作業時の安全のために靴の上から履く底だけの靴か」

うなり声を上げて稗貫が言った。

「すると、ゲソ痕を採られることを予測して靴跡をごまかそうとしたわけだな。素人じゃないいな」

秋月は目を光らせた。

「盗犯などでの使用例はあるそうですが、きわめて珍しいと曽根係長が言っていたそうです」

全員を見ながら高原は言った。

そうか、朝の嵐山に続いて、竹内別邸も同じ右京署刑事課の鑑識係が担当しているのだ。

あの温厚で実直そうなベテランの曽根係長の顔を真冬は思い浮かべた。

「鑑識からの報告は以上です。今後、弾道検査や線条痕検査が続けられる予定です」

高原はきちょうめんな感じで報告を終えた。

「さて、わたしは竹内会長に事情聴取してきますよ。多田殺しの捜査本部は八時に第一回の捜査会議の予定ですからね。それまでの時間を有効利用しなくちゃ」

秋月は元気よく言った。

「保護しただけですので、被疑者扱いしないでくださいね」

智花は眉根を寄せた。

「わかってますよ。お話を伺おうというだけです。稗貫、一緒に来てくれないか」

秋月は笑い混じりに言ってから稗貫に声を掛けた。

「了解です」

稗貫はさっと立ち上がった。

2

しばらく智花を手伝って、竹内の関わった不動産取引の調査をしていた。

お腹は空いていなかったが、喉が渇いていたので真冬は廊下の自販機スペースに飲み物を買いに行った。

「あの……刑事さん」

若い女の声に呼び止められて真冬は振り返った。

不安そうな顔で立っていたのは、竹内の第二秘書の瀬上麻奈美だった。

竹内の別邸で初めて会ったときとは別人のように元気がない。

「荷物は届けられましたか？」

真冬はふんわりと訊いた。

「はい、おかげさまで」

麻奈美はぺこりと頭を下げた。

「それはよかったです」

真冬は麻奈美の目を見つめた。

オドオドと目が揺らいでいる。

「お時間ありますか」

真冬を見返しながら、麻奈美は低い声で訊いた。

「はい？」

意味がわかりかねた。

「ちょっと聞いて頂きたいお話があって」

麻奈美は肩をすぼめて頼んだ。

「わたしでいいんですか？」

「はい……」

「でも、お話を伺うのなら、こちらは二人の方が都合がいいんですが」

警察としては単独は避けたい。

相手の言っていることを聞き間違えることも避けやすい。

「じゃあ、あの……湯本さんなら」

肩をすぼめて麻奈美はうなずいた。

「わたしと湯本ならいいんですね」

真冬は念を押した。

「はい、お二人だけに聞いて頂きたい話なんです。お願いできますでしょうか」

麻奈美は真冬の目をまっすぐに見て言った。

「もちろんです。ちょっとここで待っててください。湯本を呼んできます」

足早に真冬は捜査二課の島に戻った。

「竹内会長秘書の瀬上さんが話を聞いてほしいそうです」

真冬はささやき声で智花に言った。

「どんなお話でしょう」

智花は首を傾げた。

「わたしにもわかりません。ただ、すごく深刻な表情で、湯本さんとわたしだけに聞いてほしいそうです」

なるべくまわりに悟られないように真冬はこそこそと告げた。

「わかりました……わたしは朝倉さんと打ち合わせることがありますので、しばらく中座します。急ぎの用があったら、電話ください」

高原たちに言い置いて智花は廊下に出た。

廊下に出たすぐのところに、所在なげに麻奈美が立っていた。

「瀬上さん、お疲れさまです。お昼は怖かったでしょう」

智花は明るく麻奈美に声を掛けた。

「あ、はい。驚きました」

麻奈美は智花の顔を見ていくらか元気な声を出した。

「わたしだってあんな経験初めてですよ。スゴく怖かったです」

智花はわざとらしくぶるっと身を震わせてみせた。

「お時間を頂いてすみません」

麻奈美はぺこりと頭を下げた。

「お気になさらずに……小会議室へご案内しましょう」

智花が先に立って、廊下を歩き始めた。

自販機スペースで緑茶のペットボトルを三本買って真冬は小会議室に入った。

「汚いところですが、どうぞ」

智花が微笑むと、麻奈美はまたも頭を下げた。

各所轄でもそうだが、小会議室と言っても会議テーブルとイスがいくつかあって、ホワイトボードが置いてあるだけの部屋だ。

本部では後ろに書類などの入った段ボールが乱雑に積んであるようなことはなかった。

真冬と智花はテーブルの片側に並んで座った。

「お掛けください」

智花が声を掛けると、麻奈美は静かに向かい側に座った。

顔色ははっきりと青く、唇が小さく震えている。

大きな悩みが彼女を苦しめていることが感じられた。

真冬が緑茶をテーブルに置くと麻奈美はかすかにあごを引いた。

麻奈美の震える唇が開いた。

3

「竹内会長を逮捕してください」

麻奈美のこわばった声が部屋に響き渡った。

真冬は反射的に麻奈美の目を見た。

怒っているかのような真剣な目つきだった。

「ど、どういうことですか」

智花は舌をもつれさせて訊いた。

麻奈美の本心が真冬には見えてこなかった。

「逮捕できるような罪はいくつもあると思います。すぐに逮捕してください」

早口で麻奈美は訴えた。

「どうして秘書のあなたが竹内会長を逮捕しろと言うのですか」

目を見開いて智花は尋ねた。

しばらく麻奈美は口をつぐんでいた。

「わたしは会長に大きな恩があります」

やがてゆっくりと麻奈美は声を発した。

「恩ですか……」

智花がぼんやりと言葉をなぞると、麻奈美はかすかにあごを引いた。

「会長がいなければ、わたしはいまここに存在しないでしょう」

きっぱりと麻奈美は言い切った。

「もう少し詳しく伺ってもよろしいでしょうか」

言葉は遠慮がちだが、智花の声は有無を言わせぬものだった。

「身の恥をさらすことになりますが……」

うっすらと頬を染めて麻奈美は言葉を濁した。

「どうかお願いします」

智花とともに真冬も頭を下げた。

「会長に初めてお目に掛かったのは、わたしが某商社に入って二年目のことでした。その頃、わたしは母の病気のためにお金に困っていました。詳しいことは省きますが、先進医療をうけるために健康保険適用外の自己負担が必要でした。積もり積もって莫大な金額になります。教員をしていた父はとっくに退職していてそんなお金はありません。わたしは少しでもお金を稼ごうと《フュテュール・アセット》という不動産小口化商品にお金をつぎ込みました。リスクが少ないと感じたからです。ある程度の収益も出たので、わたしはどんどんのめり込んでいきました。最終的には銀行ローンやさまざまな借金をして無理して資金を捻出していました。ところが、ある朝、《フュテュール・アセット》の運営会社が倒産したことを知ったのです。顧客が投入した資金は持ち逃げされ、経営者は詐欺容疑で指名手配されました。わたしは頭がおかしくなりそうでした。その晩、わたしは当時住んでいた地下鉄の丸太町駅近くのマンションから飛び降りようとさえしたのです」

麻奈美はひと息ついてペットボトルのお茶を飲んで、言葉を続けた。

「ふと思いとどまったのは竹内会長のひと言でした。『簡単すぎる人生に生きる価値などない』……。ソクラテスの言葉だそうです。このひと言でわたしは自分の生命を絶つことを思いとどまって朝まで泣き続けました。実は飛び降りようとした日の前日に竹内会長のセミナーを受講していたのです」

よく引き合いに出されるソクラテスの名言だが、真冬にはそれほど響くものではなかった。

しかし、こうした言葉は使う人次第なのかもしれない。麻奈美は竹内会長に心酔していたのだろう。

「ところが、それから数日して、竹内会長から一度会いたいというメールが来ました。ゆっくり話をしてみたいというお話でした。驚天動地のお誘いです。わたしは胸を弾ませて指定されたホテル・オークラ京都の日本料理店に向かいました。会長はセミナーの質疑応答のときのわたしとのやりとりが気に入ったので誘ったとおっしゃってくれました。事業拡張に対する鋭い感覚を持っていると褒めてくださいました。《フュテュール・アセット》の件ですっかり自信を失い、生命まで絶とうとしていたわたしにとってはどれほど勇気づけられることだったでしょうか。わたしにとって、そのときの会長は神さまのように思えました。話しているうちに、困っていることはないかというようなことを会長に質問されたのです。わたしは、勇気を出して借金の問題を相談しました。すると、会長は出世払いでいいっておっしゃって八四〇万に及ぶ借金を肩代わりしてくださったのです。いちおう貸しにしとくが、出世払いだとおっしゃって……」

麻奈美はちょっと言葉を切った。

そこから男女関係に発展したのだろうか……。よくある話だ。

「引き換えに洛都産業に入らないかというお話でした。わたしは一も二もなくOKしました。わたしが勤めていた商社やその職歴は他人に自慢できるものでしたが、たとえどんな会社にいたとしてもこのお誘いを断るはずはありません。その場で退職届を書きたいくらいでした」

麻奈美は言葉に熱を込めた。

失礼なことを考えた。要するにヘッドハンティングの一種だったか。

真冬は自分の品のない想像力を恥じた。

「それで、最初は会社の営業で半分雑用係みたいに使われていました。でも、会長に望まれた宅地建物取引士や行政書士の資格を取得してしばらくしてわたしは会長にテストされました。平岡八幡近くのある繊維工場跡地購入という大口取引をまかされたのです。わたしは自分の持つ能力のすべてをつぎ込みました。結果、取引は成功してわたしは第五秘書に引き上げて頂けました。それから数年、わたしはすべてを懸けて洛都産業の発展のために尽くしてきたのです。会長に深い恩義を感じているだけではなく、尊敬しているからです」

　麻奈美は背筋を伸ばした。

「そんな瀬上さんが、なぜ竹内会長を逮捕せよなどと言うのですか」

　智花は目を瞬いて尋ねた。

　真冬もその意味が知りたかった。

「会長に死んでほしくないんです」

　きっぱりと麻奈美は言い切った。

「つまり会長を守るためには逮捕しかないと考えているのですね」

　真冬の問いに麻奈美ははっきりとあごを引いた。

「その通りです。このままではきっと会長は殺されます」

　麻奈美は眉間に深いしわを寄せた。

「昨日の犯人はまた襲ってくると考えているのですね」

　智花が念を押すと、麻奈美は深くあごを引いた。

「会長はああいう性格ですから、仮眠室などにガマンしていられるはずはありません。さっき荷物をお持ちしたときにもずいぶんと苦情を言っていました。ここはホテルじゃありませんとお諫めしたのです。会長にはつらい滞在時間となっているようです」

麻奈美は眉根を寄せた。

「ええ、快適な環境でないことはじゅうぶんに承知しています。個人用の仮眠室を特別に用意したのですが、六畳一間でベッドと小さな机があるだけです」

智花はちいさく笑った。

「会長はそもそもこんな場所は……失礼……警察は大嫌いなのです。だから、警察に保護して頂こうと言い出すなんて、よほど怖かったのです。けれども、もうそろそろ限界だと思います」

麻奈美は顔をしかめた。

「出て行っちゃうってことね」

智花の言葉に、麻奈美はゆっくりとあごを引いた。

「下鴨の本宅に戻っても、北嵯峨の別邸でも、ホテルに収まっても、病院に入院しても、敵は必ず襲ってくるでしょう。京都市内で絶対に安全な場所はここしかないのです」

「よくわかりました。竹内会長の意思を無視してここにいてもらうためには逮捕などによる身柄の拘束が必要ということですね」

「はい、その通りです」

「しかし、言うまでもなく、逮捕するためには罪状が必要です。竹内さんに明確な逮捕理由がなければ、裁判官は逮捕状を発付してくれません」

難しい顔で智花は言った。

「実は……昨日のことですが、運転手の木原《きはら》さんが指定の時刻にクルマを用意していなかったことに腹を立てて、会長が頬を平手で殴ったのです。木原さんの頬は腫れてしまってかわいそうなくらいでした。この罪では逮捕できませんか」

麻奈美は智花の目を見て尋ねた。

やはり乱暴な男なのだ。

雇っている人間が手違いをしたといって、暴力を振るうなど唾棄《だき》すべき行為だ。パワハラの範疇《はんちゅう》を超えている。

竹内に心酔している麻奈美が不思議に感じられた。

「でも……木原さんは被害を訴えないのではないのですか」

智花が気難しげに言った。

「そうかもしれません。これくらいのことはガマンしてしまいますね」

「傷害罪は親告罪ではないので木原さんの訴えは必要ありません。しかし、証拠となる医師の診断書は必要ですし、被害者にとぼけられては逮捕は難しいでしょう」

智花が言うとおりだろう。

「それでは逮捕状はとれませんか」

麻奈美は肩を落とした。

「仮に逮捕状を請求するとしても、傷害罪は捜査一課の担当になります。わたしから頼んでも捜査一課が相手にしないように思います。捜査二課で扱うのは簡単に言うと詐欺や横領など知能犯罪の捜査と選挙違反取締りになります。竹内会長のそのような行為を知りませんか」

智花は麻奈美の顔を見てつよい口調で尋ねた。

「いえ、それは……ありません」

麻奈美は目をそらして言葉を濁した。

この部屋で初めて麻奈美がウソをついたと真冬は思った。

きっと心当たりがないわけではないのだろう。

しかし知能犯罪は軽い罪ではない。またそんな罪が明らかになれば、洛都産業の存亡に関わる可能性もある。

そんな罪を第二秘書の麻奈美が口にするはずはない。

「瀬上さんが危惧《きぐ》している『敵』とは誰のことなのですか」

智花は質問を変えた。

「わたしが話したとは会長はもちろん絶対に誰にも言わないでください」

引きつった顔で麻奈美は言った。

「お約束します」

智花は麻奈美の目を見てきっぱりと言い切った。

「首謀者の氏名ははっきりしません。ですが、《レコンキスタ》という仮の名前で呼ばれている組織あるいは個人です」

麻奈美はこわばった声で言った。

真冬と智花は顔を見合わせた。

「《レコンキスタ》ですか……」

智花は麻奈美の言葉をなぞった。

急に真冬の胸は高鳴った。

いきなり黒幕らしき者の名が浮かび上がってきた。

レコンキスタは国土回復運動あるいは国土回復戦争とも呼ばれる。一一世紀から盛んになり一五世紀のグラナダの陥落までイベリア半島をイスラーム教徒から取り戻すという名目で行われた再征服活動の総称を指す。イスラーム側のアラブ人は支配者層のみで、戦った多くの人々は北アフリカのベルベル人であった。

「それはどのような組織ですか？　また、瀬上さんはどうして《レコンキスタ》の名を知ったのですか」

興奮気味に智花は早口で訊いた。

「くわしいことは本当に知らないのです。もちろん、会長はなにも教えてくれません。ただ、ここ一ヶ月ほどの間に会長あてに刃物や血染めのスカーフが送られたり、子ヤギの生首が届けられたりしたのです。会長は『商売敵《がたき》の悪質ないたずらだ』と言っておりましたが、わたしはもっと根の深いものだと感じました。送り主はいずれも《Reconquista》とありました。調べてみると、ヤギはレコンキスタの敵であるイスラームの犠牲祭という行事で生《い》け贄《にえ》として用いられる動物だそうです」

麻奈美はぶるっと身を震わせた。

なんとも恐ろしい行為だ。黙示であっても『害悪の告知』にあたり立派な脅迫罪を構成する。

重要な事実がとつぜん明らかになった。

「会長を生け贄にするぞと言う脅しですか」

智花は念を押すように訊いた。

「それ以外に考えられません。お昼の銃撃はとうとうそこまで追い詰められたかと感じたのです。次は脅しではすまないような気がするのです」

深刻な顔つきで麻奈美は言った。

麻奈美の心配は杞憂《きゆう》などではない。

現場にいたからわかるが、あの銃撃は脅しかどうかは判断できない。

竹内会長を仕留めるつもりだったのにミスしたおそれだってある。しかし、そのことを口にすれば、麻奈美を動揺させることになる。

ただ、なぜ竹内会長が狙われたのかは見当がつかない。

「ほかに麻奈美さんが《レコンキスタ》や、その組織と竹内会長との関わりについてなにか知っていることはありませんか」

やんわりと智花は重要な質問をした。

「残念ながらほかにはなにも知りません。わたしが知っていることはすべてお話ししました」

麻奈美は智花の目を見てはっきりと答えた。

「わかりました。わたしたちは各課で協力して《レコンキスタ》の実態を明かし、その首根っこを押さえます。竹内会長から危険を取り除くことは京都府警に課せられた責務です」

堂々とした声音で智花は言った。

「ありがとうございます。ですが、《レコンキスタ》がどこから狙ってくるか……」

それでも麻奈美は不安なようだった。

「打合せ中、すみません」

ノックとともに廊下から若々しい声が聞こえた。

「どうぞ、入って」

「失礼します」

あわただしく高原が入ってきた。

「どうしたの？」

智花はけげんな顔で訊いた。

「竹内秀三を逮捕しました」

宣言するように高原は言った。

「えっ」

麻奈美がちいさく叫んだ。

「いったいなんの容疑で？」

驚きの声で智花は訊いた。

「公務執行妨害罪です。竹内はいらだって稗貫さんに紙コップを投げつけたんです。誰もいない隙を見計らって紙コップに水を入れてタバコを吸っていたようです。部屋に入った稗貫さんが『庁舎内禁煙です』とたしなめたところ……現行犯逮捕です」

苦笑いしながら高原は告げた。

「誰もケガしてないのね」

智花は念を押した。

「はい、紙コップですから床が汚れたくらいです。いまとりあえず一二番の取調室に入れて、秋月係長と稗貫さんが取り調べています」

渋い顔で高原は答えた。

「ナイスタイミングね」

口もとに笑みを浮かべて智花は言った。

「はぁ？」

わけがわからないというように高原は首を振った。

「いいのよ。わたしと朝倉さんが取調室に行くから、高原はこちらの瀬上さんを出口までご案内して」

明るい声で智花は命じた。

「了解です」

高原は元気よく答えた。

「案ずるより産むが易《やす》しですね」

真冬はささやくように麻奈美に言った。

公務執行妨害罪は、三年以下の懲役もしくは禁錮《きんこ》または五〇万円以下の罰金と決して軽くはない罪だ。だが、このくらいの行為は起訴されるかどうかも疑わしい。

いずれにしても、竹内会長の身柄は強制的に留め置かれる。

「はい、ありがとうございます。よろしくお願いします」

にこやかに麻奈美は頭を下げた。

真冬と智花は麻奈美に別れを告げ、一二番の取調室に急いだ。

「竹内の事情聴取は朝倉さんにお願いしたいんですけど」

隣を歩く智花がささやくように言った。

「でも、わたしは京都府警の人間じゃないし、捜査員ですらありません」

真冬は驚いて聞き返した。

どう考えても真冬は担当官にはなれないし、聴取した弁解録取書には法的効力がなくなってしまう。

「紙コップ事件の公務執行妨害罪の調書なんて簡単に取れるでしょ。朝倉さんにお願いしたいのは《レコンキスタ》についての参考人聴取です。まだ、ヤギの生首事件の事件受付をしていないから、単にお話を伺うだけですね。昼と一緒です」

智花はさわやかにほほえんだ。

真冬はためらいを感じた。

しかし、そんなことを言っている場合ではない。

真冬は智花の機転に感じ入った。

「わかりました。できるだけのことをしてみます」

真冬はやる気いっぱいで答えた。

4

智花は取調室のドアを開けた。

竹内は腕組みをして反っくり返って座っていた。

机を挟んで反対側に険しい顔の秋月が座り、竹内を睨みつけていた。

奥の机では稗貫がノートＰＣに向かっている。

「あんたが紙コップなんぞ投げるから帰せなくなったじゃないか」

秋月は憤然とした声で言った。

「権力の横暴だ。こんなことで逮捕するとは許せん」

　竹内は鼻をふんと鳴らした。

「担当、わたしが代わるから」

　智花がやわらかい声で言った。

「いや……でも……」

　秋月はとまどいの顔を見せた。

「いいの。わたし、いま手が空いているから……係長は多田の捜査に戻ってくださ
い」

　言葉はやさしいが、有無を言わさぬ調子だった。

「わかりました」

　秋月は一礼して取調室を去った。

　智花は稗貫には声を掛けなかった。

　記録係を残さなければならないからだろう。

「これから別件の被害に対する聴取を行います。ビデオを切ってください」

　冷静な声で智花は稗貫に命じた。

「は、よろしいのですか？」

稗貫が上目遣いに智花を見た。

「お願いします」

智花の声はつよい調子だった。

無言でうなずくと、稗貫は部屋の隅にセットしてあった録画装置のスイッチを切った。

智花と真冬は、竹内の向かいの椅子に並んで腰を掛けた。

「おう、ここからは美人ふたりが担当か」

竹内は嬉しそうに言った。

「あらためて言いますが、ここからはあなたが庁舎内で起こした公務執行妨害罪の取調べではありません」

智花は淡々と告げた。

「あんなクソ部屋に入れられたからイライラしてたんだ」

竹内は声を立てて笑った。

「その件ではないのです。今日の一一時三七分に発生した拳銃による襲撃事件についてのお話を伺います」

力を込めて智花は言った。

「昼のことか……」

冴えない顔で竹内は言った。

「つまりあなたに被害者として、諸般の事情を伺いたいのです」

「わたしはなにも知らんぞ。話すことなどない」

竹内は首を横に振った。

「ここからはわたしがお尋ねします」

真冬はゆっくりと口を開いた。

竹内はなにも言わなかった。

「あなたの逮捕を真剣に望んでいた人がいます」

一語一語、真冬ははっきりと発声した。

「いったい誰だ？　さっきの秋月とか言う刑事はまったく逆だったぞ。一刻も早くわたしをあのひどい部屋から追い出そうとしていた……おまえか」

竹内は稗貫の顔を見て訊いた。

「いや、わたしはあんたの逮捕などは希望していないよ。面倒を抱え込むだけだからな」

　稗貫ははっきりと首を横に振った。

「あなたの第二秘書の瀬上麻奈美さんです」

　真冬はしっかり竹内の目を見て麻奈美の名を伝えた。

　竹内は一瞬、ポカンとしてからみるみる額に青筋を立てた。

「いい加減なことを言うんじゃない。瀬上がわたしの逮捕を望むわけがないだろう。瀬上は優秀な我が社の社員だ。それに、苦境から引き上げてやったんだぞ」

　全身を震わせて竹内は憤《いきどお》っている。

「ええ、詳しく伺いました。瀬上さんは会長を尊敬しているから洛都産業のために尽くしてきたというお話でした」

「そんな瀬上がわたしの逮捕を望むはずがないだろっ」

　竹内はつばを飛ばした。

「意味がわかりませんか」

　静かに真冬は訊いた。

「そんな与太話《よたばなし》わかるはずもない」

「瀬上さんは、あなたを警察が拘束してくれれば安心だから、逮捕してほしいと願っていたのです。警察以外では下鴨の自宅でも北嵯峨の別邸でもホテルでも病院でもあなたは必ず狙われると恐れていたのです。たしかに瀬上さんが言うように警察にいればあなたは安全です。しかし、あなたの性格から仮眠室などではガマンできないだろう。きっと出て行ってしまうだろう。それだったら、あなたが逮捕されて身体の自由を奪われれば安心だという趣旨のことを言っていたのです。彼女は真剣にあなたの身の安全を願っているのですよ」

麻奈美の気持ちを懸命に真冬は伝えた。

虚を突かれたように、竹内は身体を反らせた。

「そうだったのか……」

うめくような竹内の声だった。

「わたしたちは、あなたが脅迫されていた事実を把握しています」

「瀬上が喋ったのか」

竹内はいらだちを隠さずに訊いた。

「そうではありません。警察はどこまでも調べます。お宅ではたくさんの方が知っていると思いますよ。刃物や血染めのスカーフ、果ては子ヤギの生首まで送りつけられたのでしょう。スカーフや子ヤギの首を処分した方もいるんですよ」

ハッタリだ。真冬はもちろんそんなことは知らない。だが、竹内が自分で処分するとは考えられない。

「あいつら口止めしておいたのに」

竹内は歯嚙みした。

「口止めというのはたいていは長くは効果が保《も》たないものです。それにしても、なぜ口止めなどして警察に被害届を出さなかったのですか」

責めるように真冬は言った。

「それは……」

少し青い顔になって、竹内は言葉を失った。

「あなたが生命を狙われているからではないですか」

畳みかけるように真冬は訊いた。

「とぼけても無駄か……ああ、そうだよ。俺は脅しにあっている」

あきらめたように竹内は答えた。

「あなたを脅しているのは、誰なんですか」

竹内の目を強い力で見て真冬は訊いた。

「そんなことを口にすれば、ここから出た途端に銃弾が飛んでくる」

まじめな顔で竹内は言った。

「言わなければ、あなたを脅して生命さえ狙っている者たちは野放しです。警察に協力しなければあなた自身が危ないのです」

「そんなことを言われてもヤツらは怖い……」

竹内の身体は小刻みに震えている。

「あなたが選ぶべき道はふたつしかないのです。敵を恐れて逃げ回り最後には殺されるという悲しい道。もうひとつはわたしたちにすべてを話し、敵を駆逐《くちく》して安全に生きる道です。それは昼の銃撃ではっきりしたではないですか。今度襲われても、わたしはあなたに献花することしかできないのです」

真冬はしんみりとした口調で言った。

智花がハッとしたように真冬を見た。

「こんなことを警察官が口にすべきではないでしょう。しかし、それは事実なのです。

あなたはもはやどっちつかずの状態でいるわけにはいかないのです」
「しかしなぁ」
竹内は肘を机について両手で頭を抱えた。
「敵の話をすれば、あなた自身の罪も言わなければならなくなる。そうすれば訴追《そつい》さ
れるおそれがあるのでしょう」
真冬は竹内の目をまっすぐに見て訊いた。
「それは……」
竹内は天井を見上げて絶句した。
「失礼なことを訊きます。あなたは人を殺したことがありますか。またはその教唆《きょうさ》や
幇助《ほうじょ》を行ったことがあるのでしょうか」
真剣な声で真冬は訊いた。
「そんなことがあるわけはないだろう。わたしはそんな手段を使ってまで会社を大き
くしようとしたことはない」
竹内は気色《けしき》ばんで断言した。
怒りに燃える竹内の目を見て、この言葉は信じてもいいだろうと真冬は思った。

「では、刑罰に生命を奪われることはありません。ですが、このまま黙っていれば、あなたは敵に生命を奪われる可能性が高いです。覚悟を決めるときです」

繰り返し真冬は、竹内に秘密を話すことを迫った。

「あんた、何者だ？」

とつぜん竹内は尋ねてきた。

「警察官ですよ」

「ただの警察官じゃあるまい」

「わたしは警察庁に所属する地方特別調査官です。だから、あなたを取り調べる立場ではありません。それはこちらの湯本課長補佐の仕事です」

竹内は驚きの表情を浮かべた。

京都府警の人間と思っていたようだ。

「階級はあるのだろう？」

「湯本課長補佐と同じく警視です」

「キャリア警察官か……」

「そうです」

しばし、竹内は黙った。

「朝倉警視さんや、贈賄罪の時効は三年だったよな」

竹内は奇妙なことを訊いた。

「そうです。外国公務員等贈賄罪は五年です」

真冬はきっぱりと答えた。

「わたしが最後に贈賄したのは三年前の春だ。西京区で市街化調整区域の解除のために市議会議員や市役所都市計画局の連中に実弾を送った」

あっさりと竹内は自供した。時効が成立しているから訴追はできない。

「そのお話は改めて教えてください。収賄罪の公訴時効は、加重収賄罪が一〇年、その他の収賄罪が五年となっています。あなたの贈賄が時効でも受けとった側はそうでない可能性が高いです」

智花が厳しい口調で言った。

「せやな。もうええわ。どうせこの事実が表沙汰になると、会社は大損や。けど、なんやもう警察に協力するしか、わしの生きる道はないような気がしてきたわ。金は地獄へは持っていけんからな」

開き直ったようすで竹内は言った。

「では、教えてください。《レコンキスタ》とはいったいなんなんですか」

真冬は最も訊きたかったことに触れた。

「どこでその名を聞いたんだ」

竹内は目を見張った。

「あなたのもとに送られてきた刃物などは《Reconquista》が送り主だったそうじゃありませんか」

真冬の言葉に竹内は舌打ちした。

「うちの連中はそんなことも気にしていたのか……」

舌打ちは気にせずに、真冬は問いを重ねた。

「いったいどんな組織なのですか」

「《レコンキスタ》は古くから、それこそ平成の最初から京都に存在する秘密組織だ。その名前を知っている者はほとんどいない。数少ないその存在を知る者が誰となく《レコンキスタ》と呼び習わすようになった。わたしも昔からその名は知っているが、都市伝説の類《たぐ》いだと思っていた。しかし、事実として《レコンキスタ》の息の掛かったヤツがやった詐欺事件が近畿地方では続いてきた。ついに、一年前にわたしもそんな詐欺に引っ掛かった。それは芦屋《あしや》市の土地の話だった。地面師詐欺だ。ある会社の所有財産を、会社の代表者になりすました者が低廉《ていれん》な金額で売却すると言ってきて、手付けを払ったらトンズラされた。わたしは五〇〇〇万は失ったが、兵庫県警はきちんと捜査しなかった。頭にきたわたしは独自に調査を開始した。民間の調査機関を使ってな。それでやっと《レコンキスタ》という伝説の組織が実在することがわかった」

「伝説の組織ですか」

「民間調査機関の男も、一ヶ月ほど前にある踏切で電車に飛び込んで死んだ。警察は自殺と判断した……」

竹内ははっきりと身体を震わせた。

「わかるだろう。わたしがびびっている理由が」

「はい……よくわかります」

真冬はうなずいた。

「自分で言うのもなんだが、その男と違って、わたしは小物じゃない。だから、簡単には始末できないと踏んだんだろう。だが、今日の銃撃で《レコンキスタ》がわたしを殺そうとしているおそれを強く感じた。はっきり言おう。わたしのまわりにあんたたち警察がうろつき始めたからだ。結局こうしてわたしは《レコンキスタ》のことをあんたに喋っている。これこそ、彼らがいちばん警戒していたことなんだ」

「竹内さんは真実をわたしたちに話すという正しい選択をしました」

「来月までわたしの生命が続いていたら、正しい選択と認めるよ」

真冬は答えを返せなかった。

「ところで、報道されていた指月伏見城の投資詐欺事件の青写真を描いていたのが、殺された横地吉也だよ」

竹内はケロッと言った。

「なんだ、知ってたんじゃないですか」

真冬から尖った声が出た。

「おいおい、警察が来たら何でも喋ると思ったら大間違いだよ。それに警察のお尋ねってヤツにウソをついたって偽証罪にはならない。商売人なんてもんは正直だけで務まりゃしない」

開き直ったように竹内は笑った。

「心しておきます」

ムッとしながらも真冬はおだやかに答えた。

「横地はいつも実行犯にはならない。下っ端を動かす」

「元締めなんですね」

伊根の詐欺事件では矢野が実行犯だったわけだ。

「そういうことだ。だからヤツはあんたらに捕まらなかった。だが、警察に目をつけられたんで、口封じに殺されたんだろう」

「やはり口封じだったんですね」

真冬は伊根の詐欺事件を発見した自分の仕事が、思いもしない結果を生んだことにあらためて驚いた。

しかし、真冬が間違った行動をとったわけではない。

「じゃあ、多田はなぜ殺されたんですか」

期待を込めて真冬は訊いた。

「さぁ、知らんな。本当だ。やはり口封じだろう」

残念ながら、多田の事件について、竹内は知らないらしい。

「ところで横地は《レコンキスタ》のメンバーだったんですか?」

「メンバーというか下請けだな。詐欺で儲けた金の大半をレコンキスタに持って行かれ、手もとには一部しか残らなかったらしい」

竹内は顔をしかめた。

「レコンキスタの実態をご存じなのですか」

真冬は胸の鼓動を抑えて聞いた。

「いや、それほど詳しくは知らない。ある人物を中心としている組織だそうだが、おそらくその人物の尻尾は摑めないはずだ。で、その人物が必要としている資金を集めるために、違法にも盛んに行動しているわけだ」

「政治家ですか」

これも真冬のハッタリだった。だが、組織の構造を考えると、中心にいるのは政治家の可能性はある。必要としている政治資金を集めている組織ではないだろうか。

「そんなことまで調べがついているのか……」

竹内は目を剝いた。

「わたしたちはどこまでも調べます」

これももちろん真冬のハッタリだった。

「その政治家の名前をおしえてください」

身を乗り出して真冬は訊いた。

「残念ながらわたしは知らない……と言うか幸いにも知らない。知っていれば真っ先に殺されただろう」

竹内は疲れた顔で言った。

本当に政治家の名前を知らないのか。

智花に目顔で確認すると、終了してよいと静かにうなずいた。

「ありがとうございました。明日、また伺いたいことがあります。今夜はゆっくりお休みください」

「おいおい、これから留置場に泊まらされるんだろう。留置場のなかでゆっくり寝られるほど、心臓に毛は生えていないよ」

竹内は喉の奥で笑った。

「でも、留置場は安全です」

自信たっぷりに智花は言った。

「たしかにその通りだ」

竹内はうつろな笑いを浮かべた。

真冬たちは、後のことを稗貫に託して取調室を出た。

第四章　かがり火の焔《ほむら》

1

真冬は明日も竹内から話を聞きたいと考えたので、ホテルに戻る気にはなれなかった。

竹内が留置場へ移るので、智花に頼んで空きの出た仮眠室に泊めてもらうことにした。

六畳間にベッドと机があるだけの簡素な部屋だが、竹内はなにが気に入らなかったのだろう。

真冬には十分すぎる宿泊施設だった。

仮眠室に入ってすぐに真冬は明智審議官に電話を入れた。

「実は竹内から話を聞きました……」

真冬は竹内からに聞いた話を細大漏らさず話した。

スマホからうなり声が響いてきた。

「竹内は《レコンキスタ》の名を出したのだな?」

いつになく興奮気味の声が聞こえてきた。

「ある人物が必要としている資金を集めるために、違法に盛んに行動している組織だという趣旨のことを言っていました」

「わかった。明日、京都府警に行く。わたしが直接話を聞きたい」

真冬は驚いた。丹後半島の事件に続いて、またも明智審議官が来るというのだ。

「京都駅の西口改札までお迎えに上がりましょうか」

「必要ない。朝倉はそのまま京都府警にいなさい。明日は湯本くんにも陣中見舞いに行かねばならぬな」

陣中見舞いとは明智審議官にしては珍しい軽口だ。

明智審議官はいくらか昂揚しているようだ。

「わかりました。お待ちしております」

明智審議官は電話を切った。

夕食も府警本部内の食堂でとった。

多田春人殺害事件の捜査会議には参加しなくてよいと智花に言われた。

多田の事件よりもはるかに大きな闇を暴くことに向かっていかなくてはならない。

多田の件は京都府警に任せるしかない。

共同シャワーで身体を流した後、仮眠室の机で真冬は一連の複雑な事件を整理するためにノートを開いた。

竹内会長を撃ったのが誰かという問題だ。

もうひとつ真冬には引っ掛かることがあった。

それは横地吉也が逮捕の直前に多田に殺されたという事実だ。

やはり何度考えても、京都府警内部に犯人側のスパイというか協力者がいるとしか思えない。

真冬はいままでに会ってきた京都府警の警察官を思い浮かべたが、怪しいと思えるような人物はいなかった。

そんなことを考えているうちに、真冬を睡魔が襲ってきた。

朝早くからの目まぐるしい時間、真冬は心身ともに疲れ切っていた。

真冬はいつの間にか寝入っていた。

2

ふと目覚めた。トイレに行きたくなったのだ。

腕時計を見ると、午前二時半をまわっている。

真冬はゆっくりとベッドから起き上がった。

残念ながら、仮眠室にはトイレはなかった。

パジャマのまま廊下に出るわけにはいかないが、幸いにもスウェットの上下を着ている。

誰かとすれ違ってもこの時間なら大丈夫だろう。

真冬はゆっくりと仮眠室を出た。

廊下の照明は電気代を節約するためか、四つに一つくらいしか点灯していない。

かなり薄暗い。

すべてのフロアがこうではないだろうが、京都府も予算がないのかと真冬は気の毒に思った。

用を済ませて廊下へ出ようとすると、右手の方向から足音が近づいて来る。

反射的に後ずさりして、真冬はトイレ内に身を潜めた。

そっと外へ出ると、一〇メートルほど先を白いシャツを着た男が歩いてゆく。

後ろ姿に見覚えがある。

あれは……たしか……。

男の行動に不審感を覚えた真冬は、気づかれぬようにある程度の距離を保って尾行し始めた。

先を歩く男は階段を下りてゆく。

階段も減光されて薄暗くなっている。

ツーフロア下りると、そこは留置施設のある階だ。

この階の照明も減光されている。

男は留置施設が並ぶエリアに足を進めた。

廊下に椅子があって、一人の制服警官が座ったまま眠り込んでいる。留置管理課の職員だ。

寝ずの番のはずなのに、寝ているとはなんという体《てい》たらくだ。

男は制服警官が手にしていた鍵の束をそっと取り上げた。

声を掛けるべきか迷ったが、大きな恐怖感があった。

真冬は必死に恐怖感を打ち消した。

「秋月さんっ。なにしてるんですか」

声高に真冬は詰問した。

不審者は秋月係長だった。

「朝倉さん……。どうしてここに」

目を大きく見開いて秋月は訊いた。

「上の階のトイレの前からつけてきました。それよりあなたこそどうしてここにいるんですか」

真冬の声は激しかった。

答える代わりに、秋月は恐ろしく冷たい目つきで真冬を睨みつけた。

「余計なことをしなければよかったのにな」

秋月はぽつりと言った。

ロープを両手で摑んで、真冬の顔の前に立ちふさがった。

「観念しろっ」

秋月は真冬の首にロープを巻き付けようと迫ってきた。

「助けてっ」

真冬は声のかぎりに叫んだ。

だが、背後に回られて、首にロープを掛けられた。

「残念だな。あんたのきれいな顔が膨れ上がって醜《みにく》くなるなんてな」

薄笑いを浮かべながら、秋月はロープを締め上げた。

苦しい。真冬は声が出なかった。

このまま息絶えるのか……目の前がスーッと暗くなった。

そのときだった。

「動くなっ。動くと撃つぞ」

渋い声が響いた。

「ロープを放せ」

稗貫が拳銃を秋月に突きつけながら叫んだ。

秋月が放したロープが床にハラリと落ちた。

真冬の身体は急に自由になった。

「朝倉さん、こっちへ」

銃口を秋月に向けたまま、稗貫はやわらかい声を出した。

「秋月、あきらめなさい」

隣に並んだのは智花だった。

すっと高原も出てきた。

「おまえら、どうしてここに」

秋月は歯ぎしりした。

「今夜、竹内を襲う者がいるかもしれないから、見張っているように命令されたのです」

智花は静かに言った。

「誰がそんなことを」

秋月の見開いた眼球が揺れている。

「明智審議官です」

智花はさらりと答えた。

「明智さんが……」

真冬は驚いて言葉を失った。

「さぁ、高原、秋月を確保しなさい」

落ち着いた声で智花は命じた。

「了解です」

手錠を手にした高原が秋月に駆け寄った。

もはや秋月は抵抗しなかった。

抵抗すれば痛い思いをすることは警察官なら誰でも知っている。

突き出した両手首でカチャリ、カチャリと金属音が続いた。

「くそっ、こんな邪魔が入るとは」

秋月が歯噛みした。

「明智審議官は千里眼なのです」

そう言いながら、真冬は悲しかった。

熱心な刑事とひそかに好感を持っていたのに……。

いつもそうだ。真冬が少しでも思いを寄せる男は、きっと自分の目の前から消えてゆくのだ。

「いままで朝倉さんが連絡した内容を検討して、明智審議官はわたしだけに電話をくださったの。竹内さんを一晩中見張っていろと」

智花は口もとにかすかな笑みを浮かべた。

「わたしにも電話がほしかった……」

真冬こそ明智審議官の部下だ。

「あなたをゆっくり眠らせてあげたかったんですよ。きっと」

なぐさめるように智花が言った。

明智審議官はこうした事態になること……つまり今夜のうちに竹内が消されることを予想していたのだ。警察内部にスパイがいることが決定打となったのだろう。

「なにかあったのですか」

椅子で寝ていた制服警官が目をこすりながら起き上がってきた。

「あなたは睡眠導入剤を飲まされていたのね？」

智花はやわらかい声で尋ねた。

「はぁ、一時間ほど前にそこのコーナーテーブルに置いてあった缶コーヒーを頂きました」

制服警官はパイプ椅子の横に置いてある白い天板を指さした。

缶コーヒーが一つ置いてあった。

「仲間の差し入れだと思い込んでいたので……被留置者以外でこの区画に入れるのは我々だけですから」

寝ぼけ声で制服警官は答えた。

「もういいわ、そのまま監視任務に戻りなさい」

とがめるでもなく智花は命じた。

「了解です」

制服警官は挙手の礼をして廊下を歩き始めた。

3

秋月は、稗貫らの手で刑事部の取調室に連行された。

ふんぞり返るように秋月は椅子に腰を掛けた。

椅子のこちら側には智花が座り、真冬も同席を許された。

稗貫は記録係の席に着いている。

「なぜ、竹内を襲ったの？」

秋月の目をまっすぐに見つめて智花は訊いた。

「あいつの口から名前が漏れるのを恐れるヤツから頼まれたんですよ」

目をそらしながら、秋月は答えた。

「竹内を殺すつもりだったのね」

畳みかけるように、智花は訊いた。

「竹内は知らなくていいことを知りすぎていたと聞いた。もし断れば、竹内の前に俺が誰かに殺されていたんだ」

秋月は低い声で言った。

「横地を多田が殺したのと同じように、竹内の口を封じようとしたというわけ？」

念を押すように智花は訊いた。

「ほかに理由はないでしょう」

ぶすっと秋月は答えた。

「先に横地吉也のことから聞きましょう。横地はなぜ殺されたの？」

智花は質問を横地に変えた。

たしかに横地が殺害された理由を知るほうが先かもしれない。

「横地は殺されても仕方のない男なんですよ」

顔をしかめて、秋月は言葉を継いだ。

「あいつは俺の依頼主の部下の一人です。それなのに金に困って、依頼主から多額の金を引き出そうとしていたんですよ。俺の依頼主は三〇年も前からいくつもの詐欺の最終的な元締めとして暗躍していた。その悪事をバラすって脅してたんですよ。バカな男だ。依頼主としては飼い犬に手を噛まれたようなもんでしょう」

吐き捨てるように秋月は言った。

「その男の名前を教えて」

秋月の目を強く見据えて、智花は訊いた。

「まぁそうあわてなさんな。仮に蔵主《ぞうす》としときましょう。そんな名で呼ばれていたこともあるようだから」

せせら笑うように秋月は答えた。

蔵主とは禅寺で経蔵《きょうぞう》を管理する僧侶の役名である。

依頼主の蔵主こそ、真冬たちが追っていた黒幕に違いない。

秋月はその人物の名を隠し通すつもりはないようだ。

「多田を殺したのはあなたね」

一語一語明確に発声して、智花は秋月を見据えた。

にらみ返した秋月は言葉を発しなかった。

「多田が殺されたとき、あなたは横地の捜査だと言って一人で行動していた。昨日、竹内さんが襲われたときも、あなたは捜査四課と別れて単独行動をとっていた。横地に逮捕状が出たときに多田に捜査情報を漏らしたのも秋月ね。タイミングは合う」

淋しげに智花は言った。

「それだけで決めつけるのは早いんじゃないのか。優秀な湯本補佐さんにしちゃあ」

皮肉な口調で秋月は言った。

「もちろん、もっと具体的な理由があります。捜一の捜査は進んでいるのよ。まず、多田が殺された場所も確定できた。遺体が発見された船乗り場から二〇〇メートルちょっと歩いたところ。桂川沿いの遊歩道が川から離れて、染色ギャラリー《嵐山祐斎亭》に登り始めるちょっと前の場所ね。この付近の遺留品捜査を徹底的に進める予定よ。髪の毛一本でも出れば有力な証拠となる」

「ほう、そうですか」

他人事《ひとごと》のように秋月は言った。

「捜一がね、あなたが映っているカメラ映像を見つけたの。顔はいまひとつ不鮮明だったけど、歩容認証システムを使えば特定できる。あなた、あの日の午後一〇時頃、トロッコ嵐山駅あたりでなにしてたの?」

智花は秋月の目を見つめて訊いた。

歩容認証システムは人間の歩き方の個性を利用して個人を認識する新しい捜査方法である。

すでに刑事裁判で証拠として採用され始めたが、あくまで状況証拠に過ぎず、DNA鑑定などと比べると証拠能力は低い。

「さぁ、そんなとこに行きましたかね」

とぼけた声で秋月は答えた。

「あなたはトロッコ嵐山駅あたりでクルマを下りて、嵐山公園・亀山地区の丘、つまり、《嵐山祐斎亭》のある丘を越えて反対側の桂川べりに出た。多田と待ち合わせていたんでしょう。あなたとしては防犯カメラのチェックはしていたはず。嵐山周辺には多いからそれを避けたんでしょう。北側のトロッコ嵐山駅付近は竹林ばかりだから、常設の防犯カメラは一台もない。でもね、あの付近のお寺のご住職が畑に出るタヌキやアライグマを監視するために、竹林内にこっそり設けたカメラには気づかなかったようね」

ぎょっとしたように秋月は身をすくめた。

「いまの時点では多田殺しで俺を逮捕できるだけの証拠はない。いままでは自由に泳がせていた。でも、犯人の進入路や殺害時刻がわかればいくらでも証拠は集められる。そういうわけですね」

開き直ったように秋月は言った。

「さすがは刑事ね。もうあきらめたほうがいい。捜一があなたに多田殺害の被疑者として逮捕状を得るのは時間の問題です」

厳しい声音で智花は言った。

「もう悪あがきはしませんよ」

これまでの真摯な熱意ある刑事とは別人のように、秋月は不遜《ふそん》な態度をとっている。

「なんで殺したの」

智花の声がきつくなった。

「あいつが欲深だからだ」

吐き捨てるように秋月は言った。

「どういうこと？　多田を殺したのも口封じのためじゃないの？」

智花は問いを重ねた。

「違いますよ。多田はこともあろうに俺を脅してきたんですよ。一〇〇万よこさなきゃ、俺から横地殺しを依頼されたことをバラすぞって。ハンパなヤクザを使ったのが失敗だった。ああいう手合いは次々に金を脅し取ろうとする。一〇〇〇万払えば次にもう一度一〇〇〇万要求してきます」

秋月は唇を歪めた。

「横地殺しを多田に依頼したのは秋月なのね」

智花は秋月を見据えながら訊いた。

「まぁ、依頼って言うか、仲介なんですよ。多田のことは古くから知っててね。かつて中京署の知能犯係にいた頃に詐欺容疑で取り調べたときからの知り合いです。で、さっき言った蔵主から横地殺しができる人間を探せって頼まれたわけですよ。仲介したってことを世間にバラされたら、俺もおしまいですからね」

悪辣な話を、秋月は眉ひとつ動かさずに言った。

早く蔵主の名を明かしてほしいと、真冬はじれったかった。

だが、秋月が話したいように話させる方向に進めたほうがよいはずだ。

「多田と竹内はどういう関係なの？　悪党一味というわけ」

智花はきつい目つきで突っ込みを入れた。

「たしかに、竹内は叩けばホコリの出る男ですよ。でもね、あの件は、多田が竹内を瞞《だま》して一儲け企んでたんですよ。地面師の手口でね。多田はコロシみたいな荒事もやりますけど、そんな仕事は滅多にない。ふだんは土地関係の詐欺がおもなシノギだったんだね」

さらっと秋月は答えた。

「つまり、山科区の倉庫跡地の取引の件については、竹内は被害者という認識でいいのね」

智花は念を押して尋ねた。

「まぁね、その件では被害者ですね」

秋月は薄ら笑いを浮かべた。

「で、あなたは多田をどのように殺したの」

眉間にしわを寄せて、智花は訊いた。

「脅迫に屈したフリをしましてね。一〇〇〇万をやるから人目のないところへ来いと言って、あの日の一〇時に《嵐山祐斎亭》の下の遊歩道に呼び出したんですよ。あそこは渡月橋方向から来れば大変な場所じゃない。俺は人目につきにくい反対側のトロッコ嵐山駅方向からあの場所に行って待っていた。時間通りに、金に目がくらんだヤツがノコノコやって来ましたよ。隙を見て、用意して転がしておいた棒で後頭部を殴って桂川に突き落としたってわけですよ」

罪の意識など感じさせない淡々とした秋月の口調だった。

「多田殺しについてはわかった。また、捜一が取調べしますから」

智花は震える声で言った。

秋月の態度に腹を立てていることが、よく伝わってきた。

「いまさら同じことだ。何度でも話しますよ」

秋月は低い声で笑った。

「わからないのは、秋月はなんでその蔵主という男の言いなりになっていたの」

叱責するような智花の口調だった。

「金で我が身を売ったんですよ」

平然と秋月はうそぶいた。

「詳しく話して」

間髪《かんはつ》を容《い》れずに、智花は訊いた。

「俺は金に困ってた。ギャンブルやら投資の失敗やらで莫大な借金を背負ってた。蔵主から自分に協力すれば、当座の支度金として三〇〇〇万円やると約束された。つまり蔵主は刑事である俺の力を金で買ったんだ。刑事なら捜査情報も流せるし、いざとなれば横地の殺しのときみたいに犯人の手引きもできる。悪事を重ねる蔵主のような人間には、俺みたいな人間は恰好の手先だったんだな。三〇〇〇万あれば、借金をきれいにしても八〇〇万近く残る。蔵主の誘惑には勝てなかった」

苦しげに秋月は答えた。

「三〇〇〇万で、自分の警察官としての矜持《きょうじ》も刑事としての誇りも捨てたのね」

真冬は我慢できずに、追い打ちを掛けるように言った。

大きな失望は怒りへと変わっていた。

「朝倉さん、あんた二〇〇〇万以上の借金なんか背負ったことないだろ」

鼻の先にしわを寄せて、秋月は笑った。

「それはそうだけど……」

真冬は口ごもった。

父母には早く死に別れたが、陶芸家の祖母のおかげで経済的には苦労しなかった。

「それにな。金のことだけじゃないんだ。将来にわたって面倒を見る。ぜったいに警視にしてやるってそう言われていた。蔵主はそれだけの力のある人間だった」

秋月はつばを飲み込んで言葉を継いだ。

「警視ってのがどんなに輝いている存在かわかるか。中規模署までの所轄なら署長だ。本部なら課長だ。機動隊なら大隊長だぞ。部下が何人いると思ってるんだ。キャリアのあんたらにはわからないだろうな。キャリアは全員が入庁七年で警視だからな。あんたらみたいな小娘が警視だよ。笑わせるぜ、まったく」

秋月の笑い声は暗かった。

「蔵主って誰？」

まっすぐに真冬は訊いた。

秋月は返事をせずに、黙って真冬の顔を見ていた。

「言わなければ、裁判で不利になることは刑事のあなたなら知ってるでしょ」

つばを飲み込んで真冬は続けた。

「わかってるさ。この名を口にすれば、俺は生命を狙われる……竹内のようにな。だが、ここで身柄を拘束されている限りは安全だ。どうせ俺はしばらく娑婆《しゃば》には出られないだろう。蔵主もこれでおしまいだな」

のどの奥で秋月は奇妙な笑い声を立てた。

「竹内を殺そうとしたのも、蔵主という人物なの？」

　智花が強い口調で迫った。

「その名前を漏らされることを恐れて、竹内の口を封じようとしたんだ。竹内は蔵主といろいろと仕事上のつきあいがあって、蔵主の悪辣な犯罪を知っていた。なにせ、京都財界の大物だから、どんな知り合いがいるかわからない。有力者の知人・友人もいるかもしれない。もし有力者に話されたら、蔵主自体も危なくなってくる。しかし、竹内は大物だけに、横地のように虫をひねり潰すようなわけにはいかない。それで、部下を使ってさんざん脅迫したみたいだけど、不安は増すばかりだったんだ。それでついに俺に抹殺《まっさつ》を依頼した。俺はさらに一〇〇〇万もらってその仕事を受けた。とにかく困ったじいさんだ」

　ふたたび開き直ったような秋月の口ぶりだった。

「もったいぶらないで、蔵主の正体を教えなさい」

　いらだちを隠さずに真冬は訊いた。

「そんなにカッカするなよ。言うよ。本間久尚《ほんまひさなお》という男だ。元田中《もとたなか》に住んでる腹黒のじじいだ」

薄ら笑いとともに秋月は答えた。

「何者なの？」

真冬は即座に聞いた。

「京都出身の衆議院議員米良祐泰《めらひろやす》の金庫番だよ。ヤツが管理してるのはお経じゃなくて金というわけだ。正式な職は米良議員の京都事務所の事務局長だ」

淡々と秋月は説明した。

「米良議員は、与党民政党の組織運動本部長という大物議員です」

隣で智花が説明をつけ加えた。

元凶は米良祐泰という議員なのだろうか。関係がないはずはない。

そうだとしたら、困難な捜査が待ち受けているに違いない。

「どんな経緯で本間と近づいたのですか」

智花が厳しい声で質問した。

「向こうから近づいてきたのさ。俺に目をつけた理由はわからない。本間は部下を使って俺のことを調べさせてたらしい。変な私立探偵とかも雇ってるからな。あるとき、《京都吉兆の嵐山本店》に呼び出された。まぁ、料亭としちゃ有名なところだ。何回か会っているうちにヘッドハンティングされたってわけさ」

低い声で秋月は笑った。

「ところで、あなたや本間は《レコンキスタ》のメンバーなの?」

真冬は聞きたかったことを尋ねた。

「なんだ、《レコンキスタ》って国土回復運動か? スペインの話だろう?」

きょとんとした顔で秋月は答えた。

「知らないならいいのよ」

低い声で真冬は言った。失望は隠せなかった。

「さぁ、もういいだろう。おい、稗貫。俺を留置場へ連れていけ。独房を希望だ」

すっかり開き直った秋月は大声で叫んだ。

智花が秋月の顔をまっすぐに見つめて口を開いた。

「聞きなさい、秋月。今夜、襲ってきた男が誰だか知ったときに、わたしがどんな気持ちだったかわかる?」

振り絞るような智花の悲痛な声だった。

秋月は黙ってそっぽを向いていた。

4

翌日の午後一時過ぎ。

真冬、智花と捜査二課の面々は、左京区田中南大久保町にあるマンションの一室にいた。

むろん、秋月はいない。秋月は、真冬に対する殺人未遂容疑で逮捕されている。

大久保町は、なつかしい叡山電車の元田中駅の近くである。

マンション一階の東の隅にあるこの部屋は、米良議員の京都事務所となっていた。

米良議員の収賄容疑の参考人聴取という名目で、真冬たちはこのマンションを訪れている。

この捜査が実現できたのは、竹内の自供のおかげだった。

竹内は、西京区で市街化調整区域の解除のために市議会議員や市役所都市計画局に贈賄したと自供していた。竹内にとって公訴時効の成立しているこの事件で、米良議員が裏で口を利《き》いていたと漏らしたのだ。さらに米良議員とともに動いていたのが、本間久尚だと竹内は口を割った。
ソファに座った本間は六五歳だが、年よりも老けて見えた。
老人と呼ぶのがふさわしいような男だった。
顔も身体も丸い、一見すると好々爺《こうこうや》のようにも見える男だった。
だが、その目は油断なく光っている。
一時間にわたって智花と稗貫が質問を続けたが、本間は無表情で否定し続けた。
稗貫の鋭い質問にも、のらりくらりと躱《かわ》し続けた。
この件で任意同行させることは難しそうだった。
「では、わたしから別のお尋ねをします」
真冬は口火を切った。
智花との打合せ通りだった。
しばらくすれば、待っているものが届くはずだった。
真冬たちは本間の逃亡を防ぐ意味もあって早く乗り込んだ。
すでに朝から四人の捜査員が本間に張り付いて監視している。
「あなたは横地吉也という経営コンサルタントを知っていますか」

本間を見据えて、真冬は強い口調で訊いた。

「さぁ、知りませんね」

真冬をにらみ返して、本間はうそぶいた。

「木曜日の夜に、横地は城崎温泉の旅館で、多田春人という暴力団員に刺殺されました」

事実を突きつけても、本間は動じなかった。

「ヤクザのことなど訊かれても知り合いがおりませんよって」

とぼけた口調で本間は答えた。

「そう、あなたは直接の指示を出していない。多田という男と会ったことはないでしょう。ですが、あなたはこの殺人事件について知っていることがあるはずです」

真冬は厳しい声で言った。

「あんたさん、なにを言わはりますか。こりゃ別件の違法な取調べでしょう。そもそもわしには関係がないことやし……」

本間は唇を歪めて笑った。

「あなたのもくろみは失敗したのですよ。本日、秋月文也は殺人未遂の容疑で逮捕されました。そればかりか、あなたのたくらみを自供しているのですよ」

真冬は本間の目を睨みつけた。

「さぁ、知らん人ですわ」

ぴくっと眉を動かしたが、本間は平然としている。

もちろん、秋月が竹内殺しに失敗したことは知っているだろう。

「あなたから悪の仲間に誘われ、さまざまな悪事を請け負った捜査二課の知能犯第二係長ですよ。知らないとは言わせませんよ」

真冬は落ち着いた口調で、本間を責め立てた。

「なにを言うてはるのか、皆目わかりまへんなぁ」

本間は大あくびをした。

そのとき戸口から白シャツ姿の一団がどやどやと入ってきた。

「お待たせしました。思ったより早く発付されました」

先頭に立った四角い顔の男が勢いよく言った。

捜査一課の強行犯第二係長、宮田警部補だった。

「ご苦労さま、さっそく執行してください」

智花は静かに指示した。

宮田係長はあごを引くと、本間の正面に進んで逮捕状をひろげた。

「本間久尚。横地吉也殺害教唆《きょうさ》の容疑で逮捕する」

宮田の声は部屋中に響き渡った。

一人の屈強な捜査一課員が本間の左右の手首に手錠を掛けた。

硬い金属音が響き渡った。

「なんですか、これは……」

乾いた声で本間は抗議した。

「とにかく、来てもらう」

宮田係長は部下にあごをしゃくった。

「さぁ、立てっ」

捜査一課員は、本間の身体に手を掛けた。

「痛いわ、引っ張らんといて」

わざとらしく本間は身もだえして抗議した。

「湯本補佐、朝倉調査官もどうぞご一緒に取調べを」

にこっと笑って宮田係長は丁寧にお辞儀をした。

5

本間を乗せたパトカーに続いて、高原の運転する覆面車両で真冬たちは府警本部に戻った。

宮田たちに引き連れられて本間は刑事部の取調室に入って椅子に座らされた。

取調室の後方の椅子には、明智審議官が腰掛けていた。

「ご苦労、皆の奮闘に感謝する」

明智審議官の声に、捜査員たちは緊張して深く身体を折って敬礼した。

警視監の明智審議官は、京都府警本部長と階級では同じなのだ。

「お疲れさまです……なんで今川くんが……」

真冬は目を見開いた。

最後方の椅子には、真冬の部下の今川警部がノートＰＣを前に座っていた。

「記録係です」

今川は右目をつむった。

「しばらく捜査二課に取調べさせてもらいたいが、捜査一課の諸君はかまわないかね」

やんわりと明智審議官は言った。

「承知致しました」

宮田係長を先頭に捜査一課の面々はあわてて部屋を出ていった。

「では、湯本くんと朝倉がそこに掛けなさい」

明智審議官の指示で、本間の正面の席に智花が座り、隣には真冬が座った。

稗貫は取調室の隅に立った。

もちろん、明智審議官にも真冬にも捜査権はない。

取調べができるのは、智花と稗貫の二人だ。

「朝倉、最初に《レコンキスタ》について訊きなさい。わたしは以前からある程度の予備知識を持っている。《レコンキスタ》は民自党の極右議員の何名かと深く関わりがあるという話だ。本間に訊いてみるとよい」

明智審議官は目を光らせた。

「了解しました」

真冬はハキハキと答えた。

もちろん真冬も《レコンキスタ》の悪事について、少しでも聞き出したかった。

「わたしは警察庁長官官房の朝倉真冬といいます。あなたに聞きたいことがあります」

厳しい声で真冬は訊いた。

「警察庁の方がなんのご用でひょか」

のんきにも聞こえる声で本間は言った。

「《レコンキスタ》はあなたが仕切ってきたのですか」

強い口調で真冬は訊いた。

「なんですか。それは？」

とぼける本間の顔を見て、怒りが湧き上がってきた。

明智審議官が口を開いた。

「もうおまえの生きるところはないのだ。横地吉也殺しについては手下に使っていた
秋月が、おまえの指示だったとはっきり自供している。おまえは気づいていないだろ

うが、秋月はおまえとの密談をひそかに録音していた。しっかりした物証もあるんだ。さらに今後、京都府警はおまえの数え切れない犯罪行為を真剣に捜査していく。五つや六つではあるまい。殺人も犯しているのでは、保釈も難しいだろう。何年も外へ出られまい。覚悟して正直に話せ」

明智審議官はいつになく厳しい声で言った。

「わしは死ぬまで牢屋んなかか。そんなら死んだほうがマシや」

本間は眉根を大きく寄せた。

「そう思うんなら、なにもかも話せ。《レコンキスタ》を知っているな」

強い声で明智審議官は詰め寄った。

「さぁ。《レコンキスタ》なんてわけのわからない名で呼ばれている存在は知りまへん」

相変わらず平坦な調子で本間は答えた。

「米良議員が中心となっている秘密の政策研究会があるはずだ。竹内の会社の記録を調べて判明した。竹内の会社は、五年前の秋に京都政策研究会という一般社団法人に土地を売っている。もう隠すことはできないぞ」

明智審議官は目を光らせて責め立てた。

驚愕が本間を襲っている。

大きく見開かれた本間の眼球が小刻みに振動している。

しばしの沈黙の後、あきらめたように本間は口を開いた。

「はぁ、京都政策研究会のことでっか。実質上の事務局長はこの本間だす。調べたらわかるでしょうけれど、これは米良先生をはじめとする何人かの国会議員の先生方が、理想を実現する国策を研究する場です。国士の先生方がお集まりになっています」

気を取り直した本間は、大きく肩をそびやかした。

ようやく、《レコンキスタ》の影が浮かび上がってきた。

「その理想とはなんですか」

静かな声で真冬は訊いた。

「この国はわけのわからん左翼に乗っ取られてますわ。ことに二一世紀になってすべてが狂ってきた。だいたいなんですか、男女同権だの、同性婚だの、夫婦別姓だの……。美しい日本の伝統はすべてこわされている。米良先生は日本民族の誇りを取り戻し、この国をかつてのような輝ける国にしようと頑張っておられるんです」

驚いたことに、本間は胸を張って答えた。

盗っ人猛々しいとはこのことだ。

さんざん悪辣な罪を犯してきた本間は、国の理想などを語れる柄ではないだろう。

しかも、なんと歪んだ理想だろう。

真冬は本間の顔を張り倒したくなった。

「つまりそれをイスラームから国土を取り戻したキリスト教徒にたとえたというのか」

不愉快そうに明智審議官は言った。

「いや、勘違いしないでください。わしが言っているのは《レコンキスタ》という団体のことではありまへん。あくまでも京都政策研究会の話です」

さらっと本間は言った。

「でも、実態は米良議員の集金装置だったんでしょ」

真冬ははっきりとした口調で詰め寄った。

「集金装置なわけはないやろ。政策研究会でっせ。せやけど、政治には金が掛かる。米良先生にずっとご活躍頂くための資金を集めておりました。断っておきますが、米良先生の会長は名誉職で、実際はわしがすべて仕切っておりました。もし、法に触れるようなことがあったとしてもそれはすべてわしの責任です。米良先生とは関係ありません。くれぐれも米良先生にご迷惑が掛からんように気をつけてください」

本間は目を怒らせて、尖った声を出した。

「元石川県警刑事部長の戸次親治《へつぎちかはる》を知っているか」

明智審議官はいきなり戸次部長の名前を持ちだした。

「さぁ、しかし、石川県や福井県、兵庫県には京都政策研究会のメンバーも何人も住んでいます。戸次というお人も研究会の協力者のひとりだったのではないでっか。わしは直接は存じ上げませんけどな」

またもとぼけた回答を本間は返してきた。

「ひとつ確認する。警察官僚出身の参議院議員、温井宗男《ぬくいむねお》は米良議員の一派だったな」

明智審議官は本間の目を見つめながら訊いた。

「一派だなんて聞こえの悪い。けど、たしかに温井先生は米良先生の後輩で同じグループと言われています。そもそも警察官僚だった温井先生を出馬させたのは米良先生ですわ。温井先生擁立《ようりつ》の際には、不肖、本間もずいぶん働かせてもらいました。へぇ」

本間は平然とした顔で言った。

「息子が逮捕されれば、温井議員の政治生命も終わる。つまりおまえが、石川県警の幹部に金をバラまいて捜査を妨害したというわけか」

明智審議官は吐き捨てるように言った。

能登で起きた女性殺人事件の被疑者である温井隆矢《たかや》は、参議院議員温井宗男の息子だった。当時の石川県警刑事部長であった戸次親治は、ひそかに石川県警の温井隆矢への捜査妨害を内部で行っていた。真冬の働きでその事実が明らかになったとき、明智審議官はもとの部下だった戸次に「温井宗男の政治生命を終わらせろ」と命じた。

しかし、戸次は明智の言葉に反して自死して温井宗男を守ったのだった。

実際に、温井議員は息子の逮捕以来、病気療養を言い立てて入院している。次の選挙には出ないのではないかと噂されている。

「そんなことしてへん。勘違いしないでください」

平気な顔で本間は言った。

「戸次は自分で生命を縮めた。まさかそんな議員を守るためだったとは……」

明智審議官は暗い声で言った。

そうだったのか。

戸次部長が守ろうとしていたのは、温井議員とさらに上の米良議員だったのか。

真冬も暗い思いに囚《とら》われた。

「わたしは《レコンキスタ》が、どんなに悪事を重ねてきたかを知っている」

明智審議官は眉間に深いしわを刻んだ。

「あんたもくどいお人やな……わしはそんな団体は知りまへん」

本間はぬけぬけと答えた。

「そして今日、《レコンキスタ》の中心メンバーのおまえを、京都府警が逮捕してくれた。わたしたちは、すべての悪事を太陽の下に曝《さら》して、おまえら全員に法の裁きを受けさせる」

本間の言葉は無視して明智審議官は言った。

「まぁ、おきばりやす」

しれっと本間は答えた。

「おまえにもうひとつ確認したい。二五年前のことだ。《レコンキスタ》は、石川県と県内各市町村の贈収賄を捜査していた石川県警捜査二課の捜査妨害をしたな」

明智審議官は本間の目を見つめて訊いた。

「さぁ、知りまへん。古い話ですな」

しれっと本間は答えた。

無視して明智審議官は続けた。

「わたしはあの事件に直接関わっていた。能登市役所の上層部が《レコンキスタ》らしき組織に命じられて、違法に開発行為を進めようとしていると聴知していた。また市職員に対して多額の賄賂が送られていることを摑んでいた」

明智審議官の口調は、どんどん強くなっていった。

「なんのことやら」

本間はそっぽを向いた。

「今回の事件で《レコンキスタ》の名が出て、竹内秀三と横地吉也の名前が出てきて驚いた。あの事件で中心となった不動産業者こそ竹内秀三だ。計画立案者として横地吉也の名も出ていたんだ。おまえらが隠したかったのは能登市の事件なのじゃないか。

あの事件では何人もの自殺者が出ている。もし、真実が世の中に出たら、大騒ぎとなる。米良議員には命取りとなったはずだ」

明智審議官の言葉は、真冬にとっても意外そのものだった。

「竹内や横地はともあれ、米良先生はまったく関係ありまへん」

本間は顔の前でせわしなく手を振った。

「これからすべてを解明してゆく。おまえらの捜査妨害で、わたしは無理やり本庁に戻され、能登市役所の捜査は立ち消えになった。石川県全体の汚職は葬り去られたんだ。米良議員が警察庁と石川県警に圧力を掛けたのだろう」

明智審議官の声は朗々と響いた。

本間は答えを返さなかった。

だが、本間の肩がかすかに震えているのを、真冬は見逃さなかった。

「捜査二課管理官として能登市役所に向かった。いざ、捜査に乗り込もうとしていたところで、わたしらはあるヤクザ者に銃撃され、部下の一人は生命を落とした。米良議員がわたしを殺そうと目論み、裏で動いたのがおまえなんだな」

きつい口調で明智審議官は問い詰めた。

「め、めっそうもない。わしはそんなこと知らへん」

本間は舌をもつれさせた。

ようやく父の仇《かたき》に巡り会えた。

「いいか、ここにいる朝倉は能登市役所の駐車場で、わたしの代わりに殺された朝倉警部補の娘さんだ。おまえらは子どもだったこの人から父親を奪ったんだぞ」

明智審議官は人さし指を突き出して本間に向けた。

「なんのことやらわかりませんなぁ。ですが、刑事さんなんてのは命懸けの仕事ですさかい、そんなこともあるやろうな」

視線をそらして本間は答えた。なんの感情も感じられない声だった。

「なに言ってるのっ。正気なの」

真冬は怒りで頭の血管が切れそうだった。

「もちろん正気ですわ」

けろっと本間は答えた。

あまりの怒りのために、真冬をめまいが襲った。

「あなたはわたしの父の仇。江戸時代だったら仇討ちの相手なのよ」

真冬はわき上がる怒りを抑えられなかった。

「かわいいお顔して怖い方ですな」

相変わらず妖怪ぬらりひょんのような本間だった。

真冬は全身が焦《こ》げ付きそうだった。

「でも、わたしは警察官。自分の感情を仕事に持ち込むべきではありません。あなたたちに正しい法の裁きを受けさせることが務めです」

真冬は懸命に感情を抑えて言った。

「米良議員にも裁きを受けてもらうからな」

代わりとばかりに、明智審議官は強い口調で言った。

「米良先生を信奉する者は少なくない。警察や検察にも大勢おるんや。そんなこと簡単にできるわけないやろ」

本間は平然とうそぶいた。

「できるかできぬか、おまえは拘置所から見ているがいい」

明智審議官は重々しい口調で言った。

たしかに、本間とは違って、米良議員を追い詰めるのは容易ではないだろう。

まだまだ戦いは始まったばかりだと真冬は思っていた。
しかし、本間はすでに捕まえた。
このような人間の価値を認めない者を許しておくわけにはいかない。
自分の全身全霊で、本間のような悪辣な犯罪者と闘っていく。
父のような犠牲者を二度と出してはいけない。
そのために、自分は持てる力を尽くす。
真冬は新たに心に誓うのであった。

エピローグ

平安神宮に雅やかな篝火《かがりび》が燃えている。

最後の演目は観世《かんぜ》流の『龍虎《りゅうこ》』だった。

黒髭面をつけた龍と獅子口《ししぐち》面《めん》の虎が闘うシーンは激しい動きがあって、能には詳しくない真冬も楽しめた。

京都薪能《たきぎのう》は年に一回、二日間、この時期に平安神宮で奉納能として上演される。

明智審議官は米良議員の訴追の準備のため、京都府警本部長や森寺刑事部長、京都地検の検察官とも面談した。

そんなことですでに六月初日だった。

一年でもいちばん気持ちのいい梅雨入り前の日々である。

今夜は簡単には観られない京都薪能にくることができた。

なんとチケットを森寺刑事部長が四枚も譲ってくれたのだ。

入手していた分をそっくり渡してくれたそうだ。

観能の後には平安神宮近くの手頃な料亭で京懐石をご馳走になった。

明智審議官のおごりだった。

「いやぁ、京料理って素晴らしいです」

鰊《にしん》と茄子《なす》の旨煮に箸をつけながら、今川が上気した声で言った。

「そうですか。わたしには上品すぎて……おばんざいのほうが好きかな」

爽やかな水色の絽《ろ》の着物をまとった智花は笑顔で答えた。

真冬は旅先なので、パンツスーツ姿のままだった。

「わたしから言いたいことがある」

料理が焼物の銀鱈《ぎんだら》の西京焼きに進んだあたりで、明智審議官が口を開いた。

真冬たち三人は居住まいを正した。

「朝倉には、来月から別の部署に行ってもらいたい」

静かな声で明智審議官は告げた。

「え……異動ですか」

真冬は目を瞬いた。

いざ、この任務から離れるとなると淋しい。網走《あばしり》で、男鹿《おが》で、米沢《よねざわ》で、能登《のと》で、伊根で、城崎や京都で出会ったたくさんの人々の顔が思い浮かんだ。

「刑事局捜査一課の課長補佐についてほしい」

明智審議官はゆっくりと言った。

「捜査一課ですか」

真冬は言葉をなぞった。

「そうだ。都道府県警の捜査一課とは違い、実際に捜査を行うわけでないことは君も承知しているはずだ。各都道府県の捜査一課が抱える問題をピックアップし、その解決策を考えてゆくのが仕事の中心となろう。近年でも死因究明の推進や、検視官制度の法整備、報道協定制度の運用、遺族に対する死因などの説明の徹底などに取り組んできた。現場のことを理解している君にはふさわしい部署と考えている」

明智審議官は真冬の目を見て、明るい口調で言った。

たしかに特別調査官として、さまざまな事件や都道府県警の実際を学んだ。都道府県警の捜査一課が抱えている問題や悩みは理解しやすくなったと思う。

「刑事警察の現場が動きやすいように、また事件に関わる人々の苦しみを減らしていくための仕事ですね」

輝かしい声で真冬は答えた。

「その通りだ。ときには具体的な捜査について、各都道府県警の捜査一課を指導することもあり得る。わたしには君こそ適任者だと思う。米良議員の件にも関われるかもしれない」

重ねて、明智審議官は明るい声を出した。

米良議員を追い詰めることに力を出すことができる部署なら嬉しい。

「ありがとうございます。尽力したいと思います。でも、地方特別調査官の職は……」

真冬の仕事ぶりから廃止されるのではあまりにつらすぎる。

「心配するな。朝倉は立派にわたしたちの期待に応えてくれた。地方特別調査官の職は存続と決まった」

明智審議官は張りのある声で言った。

真冬はちょっと涙が出そうになった。

「後任は考えてある」

「誰ですか」

「今川はこの四月で警視に昇任したな」

明智審議官は今川の顔を見た。

「はいっ、喜んで拝命します。全国の特別に美味いものを調査する職務ですよね」

今川は少し酔っているようだ。

「馬鹿者。おまえはクビだ」

明智審議官は笑いをこらえているような顔を見せた。

「ほら、今川くんはグルメに夢中になってしまいますよ」

真冬も笑いながら言った。

「大丈夫だ。今川一人では頼りないが、複数配置の願いがかなった」

誇らしげな声が響いた。

「えーっ」

「そうなんですか」

今川と真冬は同時に叫んだ。

「もう一人は今川の先輩に任せたい」

明智審議官は智花の顔を見た。

「湯本智花警視。君にも頼みたい。一人で全国を回るのだ。ときには今川と協働してもらう。どうかな、気に入らなければいまのままで京都府警にいてもらうが」

笑みを浮かべたままで明智審議官は言った。

「喜んでお請けいたします。実は前に朝倉さんに申しあげたのですが、わたし、朝倉さんがうらやましいと思い続けておりました」

智花は頬を上気させながら承諾の意を伝えた。

「よかった。これからは龍虎相そろって、各地の警察本部の不正や綱紀《こうき》のゆるみの調査に当たってくれ」

明るい声で明智審議官が言うと、龍虎は神妙な顔であごを引いた。

「どっちが龍でどっちが虎なんですか」

今川はつまらないことを訊いている。

明智審議官は笑って答えなかった。

智花は口をたもとで押さえて笑っている。

「それでは三人の前途を祝して乾杯しよう」
明智審議官は冷酒のグラスを持ち上げた。
真冬たちも思い思いにグラスを手に取った。
「乾杯！」
四人の声が唱和した。
よい上司とよい仲間を持った幸せを真冬は噛みしめていた。
涼やかな風が、百合の香りを運んできた。
旅の日々が真冬を未来に導いてくれる。
『雪の下より燃ゆるもの』は、真冬もまだ見つけられない。
幼き春の日に金沢の天徳院《てんとくいん》で祖母から聞いた室生犀星《むろうさいせい》の詩の一節だった。
これからは、新しい場所で探していこう。
真冬は感無量だった。

この作品は徳間文庫のために書下されました。
なお本作品はフィクションであり実在の個人・団体などとは一切関係がありません。

徳間文庫

警察庁ノマド調査官 朝倉真冬

城崎《きのさき》－嵐山《あらしやま》連続《れんぞく》殺人《さつじん》事件《じけん》

2024年9月15日 初刷

著者 鳴《なる》神《かみ》響《きょう》一《いち》

発行者 小宮英行

発行所 株式会社 徳間書店

東京都品川区上大崎三—一—一 〒141—8202
目黒セントラルスクエア

電話 編集〇三(五四〇三)四三四九
販売〇四九(二九三)五五二一

振替 〇〇一四〇—〇—四四三九二

印刷 製本 中央精版印刷株式会社

ISBN978-4-19-894964-8 (乱丁、落丁本はお取りかえいたします)